HANS JOACHIM SCHÄDLICH

GIB IHM SPRACHE

LEBEN UND TOD DES
DICHTERS ÄSOP

EINE
NACHERZÄHLUNG

ROWOHLT

Der Text fußt auf der von Günter Poethke
stammenden deutschen Übersetzung
des anonymen griechischen Äsop-Romans nach
einer Handschrift aus dem 10. Jahrhundert
(Dieterich'sche Verlagsbuchhandlung
Leipzig, 1974).

2. Auflage Januar 2000

Umschlaggestaltung Walter Hellmann
Illustration: Juro Grau
Satz aus der Dante PostScript PageOne
Gesamtherstellung Offizin Andersen Nexö Leipzig
Printed in Germany
ISBN 3 498 06339 1

GIB IHM SPRACHE

ÄSOP war zahnlos, seine Rede kaum zu verstehen. Äsop schielte. Er reckte den Kopf vor. Seine Nase war platt, seine Haut schmutzfarben. Äsops Bauch quoll über den Gürtel. Äsop war krummbeinig. Sein linker Arm war kürzer als der rechte. Manche sagen: Sein rechter Arm war kürzer als der linke.

Äsop war ein Sklave. Für eine Arbeit in der Stadt war er unbrauchbar. Sein Herr bestimmte ihn für eine Arbeit auf dem Land.

ÄSOP sah einmal, daß sein Herr frische Feigen gebracht bekam. Der Bauer sagte: «Hier, Herr. Das erste Obst.»

Äsops Herr sagte: «Schön.» Zu einem seiner Diener sagte er: «Agathopus, ich bade und frühstücke jetzt. Danach gibst du mir diese herrlichen Feigen.»

Es war also Frühstückszeit. Äsop ließ die Arbeit ruhen und ging ins Haus. Der Diener Agathopus vergriff sich an einer Feige und aß sie. Zu einem anderen Diener sagte er: «Ich hätte Lust, mich an diesen Feigen satt zu essen, aber ich wage es nicht.»

Der andere sagte: «Wenn du mir einige Feigen abgibst, verrate ich dir, wie wir sie aufessen können, ohne bestraft zu werden.»

Agathopus sagte: «Ha, wie soll das gehen?»

«Wir zwei verspeisen die Feigen, und wenn der Herr nach den Feigen verlangt, dann sagst du ihm: ‹Äsop hat sie aufgegessen.›»

Agathopus und der andere setzten sich hin und aßen die Feigen auf.

Nachdem der Herr gebadet und gefrühstückt hatte, rief er nach Agathopus und sagte: «Jetzt gib mir die Feigen.»

Agathopus sagte niedergeschlagen: «Äsop hat sie aufgegessen.»

Da sagte der Herr: «Hol ihn her!»

Zu Äsop sagte der Herr: «Du unverschämter Kerl! Was erlaubst du dir! Einfach meine Feigen zu essen!»

Äsop brachte kein Wort heraus. Er fürchtete, geschlagen zu werden, fiel auf die Knie und stammelte: «Laß mir etwas Zeit!»

«Na schön», sagte der Herr.

Äsop nahm einen leeren Krug und bat den Koch, lauwarmes Wasser in den Krug zu füllen. Er stellte eine Schüssel vor seine Füße, trank von dem lauwarmen Wasser und steckte den Zeigefinger in den Hals. Er würgte, und er erbrach Wasser.

Der Herr war beeindruckt. Er sagte zu Agathopus und dem anderen: «Trinkt auch ihr von dem Wasser!»

Der andere flüsterte Agathopus zu: «Wir behalten das Wasser im Mund, stecken den Finger nur in den Mundwinkel und spucken das Wasser wieder aus.»

Aber von dem lauwarmen Wasser wurde den beiden sogleich übel; die Feigen kamen ihnen hoch, und sie erbrachen die gestohlenen Früchte.

Der Herr sagte: «Ihr Lügner!»

Agathopus und der andere bekamen eine Tracht Prügel.

TAGS darauf kehrte der Herr in die Stadt zurück.

ÄSOP arbeitete gerade auf dem Feld, als eine Priesterin der Isis auftauchte. Sie sah Äsop bei der Arbeit und sagte: «Sklave, hast du Mitleid mit Sterblichen, so zeige mir, wie ich in die Stadt gelange. Ich habe mich verirrt.»

Äsop hob den Blick und erkannte in ihr die Göttin. Er warf sich auf die Erde und stammelte: «Wie bist du auf das Feld gekommen.»

Die Priesterin erkannte, daß Äsop sie verstanden hatte, aber nicht recht sprechen konnte. Sie sagte: «Ich bin fremd hier.»

Äsop stand auf, nahm die Priesterin bei der

Hand und geleitete sie zu einem Waldstück. Er zog Brot aus seiner Rocktasche und gab es ihr. Sodann holte er ihr vom Feld frisches Gemüse. Als die Priesterin gegessen hatte, brachte er sie zu einer Quelle. Sie trank von dem klaren Wasser, bedankte sich und fragte ihn noch einmal nach dem Weg. Äsop führte die Priesterin zur Straße und wies ihr die Richtung.

Jetzt machte sich Äsop wieder an die Feldarbeit.

Die Priesterin auf ihrem Weg hob die Hände und sagte: «Krone des Erdkreises, Isis, erbarme dich dieses gutherzigen Sklaven! Belohne ihn! Du hast Macht, das Dunkel zu erhellen. Gib ihm Sprache!»

Weil es heiß war, sagte sich Äsop: «Ich will in der Mittagspause schlafen.» Er legte sich in den Schatten eines Baumes und schlief ein. Ringsumher erfrischendes Gras und allerlei Blumen. Von nahem das Plätschern des Flüßchens. In den Zweigen die Zikaden und Vögel.

Es erschien die Göttin Isis, begleitet von den Musen. Isis sagte: «Seht, meine Töchter, diesen häßlichen frommen Mann. Er hat meiner Priesterin den Weg gezeigt. Ich will, daß er sprechen kann.» Isis machte seine Zunge leicht. Die Musen aber begabten ihn mit der Kunst, Fabeln zu ersinnen.

Äsop erwachte und nannte plötzlich alles, was er sah, ohne Mühe beim Namen: «Hacke, Rock,

Feld, Baum.» «Bei den Musen», sagte Äsop, «ich kann sprechen!» Er griff nach der Hacke und arbeitete weiter.

Es kam der Verwalter Zenas aufs Feld. Er war unzufrieden mit den Arbeitern und schlug einen von ihnen mit dem Stock auf den Rücken. Äsop konnte sich nicht beherrschen und sagte zu Zenas: «Warum schlägst du einen Unschuldigen? Ausgerechnet du? Die Niedertracht steht dir ins Gesicht geschrieben, aber du gehst stets straffrei aus!»

Zenas erschrak. Er sagte zu sich selbst: «Was ist los! Äsop spricht? Er hat immer den Mund gehalten, und jetzt beschimpft er mich. Wenn ich mich nicht vorsehe, bringt er mich noch um meinen Posten.»

Zenas ritt eilends in die Stadt und betrat aufgeregt das Haus seines Herrn. «Herr!», sagte er, aber der Herr unterbrach ihn: «Zenas, was soll das!»

Zenas faßte sich. Er sagte: «Etwas Erstaunliches hat sich zugetragen.»

«Tragen die Bäume vorzeitig Frucht? Oder hat ein Rind einen Menschen geboren?»

«Nein, Herr.»

«Was ist dann so erstaunlich. Heraus mit der Sprache!»

«Äsop, der Krummbeinige, der Dickbauch.»

«Hat er ein Kind gekriegt?»

«Nein. Er kann plötzlich fließend sprechen.»

«Na und? Ist das so aufregend?»

«Ja. Sehr.»

«Weshalb? Die Götter nehmen, die Götter geben.»

«Aber er hat dich und mich übel beschimpft.»

«So? Dann verkauf ihn.»

«Soll das ein Witz sein? Hast du vergessen, wie abstoßend er aussieht? Wer wird ihn schon kaufen wollen, diesen fetten Hund.»

«Verschenk ihn! Und wenn keiner ihn nehmen will, dann schlag ihn tot!»

Zenas stieg auf sein Pferd und ritt zurück. Er sagte sich: «Warum soll ich Äsop totschlagen. Ich werde ihn doch lieber verkaufen.»

Unterwegs, nicht weit vom Landgut, traf Zenas einen Sklavenhändler. Zenas sagte: «Ophelion, du größter aller Händler, sei mir gegrüßt.»

Ophelion erwiderte: «Zenas, größter aller Verwalter, ich grüße dich. Hast du nicht Lasttiere zu vermieten oder zu verkaufen?»

«Nein, aber du kannst für billiges Geld einen Sklaven haben.»

«Das sagst du mir? Ich habe selber Sklaven abzugeben.»

«Komm mit auf den Hof», sagte Zenas, «ganz in der Nähe.»

Auf dem Hof befahl Zenas einem Sklaven: «Geh aufs Feld und hole Äsop.»

Der Sklave lief zu Äsop und sagte: «Äsop, wirf die Hacke fort und komm mit, der Herr ruft dich.»

Äsop stützte sich auf seine Hacke und sagte: «Mein wirklicher Herr oder der Verwalter?»

«Was redest du», sagte der Bote. «Komm jetzt!»

Äsop warf die Hacke fort und sagte: «Ach, verdammt sei die Knechtschaft! ‹Äsop, mach dies, Äsop, mach das.› Jede Dreckarbeit muß ich machen. Aber wenn erst mein Herr hierher kommt, dann werde ich ihm sagen, wie gemein der Verwalter ist, und der Herr wird ihn entlassen. Also gut, gehen wir. Noch muß ich dem Verwalter gehorchen.»

Auf dem Hof angekommen, sagte der Bote zu Zenas: «Hier ist Äsop, Herr!»

Zenas sagte zu dem Sklavenhändler: «Sieh ihn dir an, Ophelion.»

Ophelion starrte Äsop an, der wie ein Lumpenhaufen aussah, und sagte: «Soll das ein Mensch sein? Zenas, hast du mich hierher geschleppt, damit ich deinen Abfall sehe?» Er wandte sich ab und wollte gehen.

Doch Äsop hielt Ophelion fest und sagte: «Hör mich an!»

«Was willst du!», sagte Ophelion. «Laß los und verschwinde!»

«Warum bist du auf den Hof gekommen?», sagte Äsop.

«Ich wollte dich kaufen.»

«Und warum kaufst du mich nicht?»

«Laß mich in Ruhe. Ich will dich nicht kaufen.»

«Kauf mich! Ich werde dir sehr nützlich sein.»

«Wie kannst du mir nützen!»

«Sind unter deinen Sklaven nicht auch Kinder, die eine Aufsicht brauchen? Mach mich zu ihrem Lehrer. Die Kinder werden sich vor mir fürchten und auf mich hören.»

«Ist dir doch noch was eingefallen», sagte Ophelion. Er fragte Zenas: «Was willst du für diesen Kerl haben?»

Zenas sagte: «Gib, was du denkst.»

Der Sklavenhändler gab Zenas eine lächerliche Summe, und der Kauf war perfekt.

DER Sklavenhändler ging mit Äsop in die Stadt. Im Hause Ophelions trafen sie zuerst auf zwei Sklavenkinder. Als die Kinder Äsop sahen, stießen sie Schreckensschreie aus und krochen in eine Ecke. Äsop sagte zu Ophelion: «Da siehst du, daß ich recht hatte.»

Ophelion wies auf einen Raum und sagte: «Dort drin sitzen deine Gefährten. Geh und begrüße sie.»

Äsop ging hin und erblickte ausgesucht schöne Sklaven. Er sagte: «Seid gegrüßt. Ich bin häßlich, aber ich bin einer von euch.»

Einer der Sklaven sagte: «Bei Nemesis, was ist nur in den Herrn gefahren, daß er ein Scheusal gekauft hat.»

Ein anderer sagte: «Ich weiß es.»

Ein dritter sagte: «Was?»

Der zweite antwortete: «Damit es was zu lachen gibt.»

Jetzt kam Ophelion und sagte: «Leute, fügt euch in euer Schicksal. Ich habe keine Lasttiere bekommen. Bereitet alles vor, wir brechen auf nach Asien.»

Die Sklaven machten sich daran, das Reisegepäck zusammenzutragen. Äsop sagte: «Ich bin neu, und ich bin schwach. Bitte, gebt mir nur wenig zu tragen.»

Einer der Sklaven sagte: «Du brauchst überhaupt nichts zu tragen.»

Äsop sagte: «Es ist schlecht für mich, wenn ich dem Herrn nutzlos vorkomme, und alle anderen strengen sich an.»

Ein anderer Sklave sagte: «Was für ein Schwätzer!»

Der erste sagte: «Trage, was du tragen kannst.»

Äsop sah sich um. Da eine Kiste, dort Säcke. Da Schilfmatten, dort Krüge. Und da ein Korb voller Brot, den vier Sklaven tragen sollten. Äsop sagte: «Hebt mir den Brotkorb auf den Rükken.»

Die Sklaven machten sich lustig über Äsop. Einer sagte: «Ein Idiot! Er bittet um ein leichtes Gepäckstück, und jetzt nimmt er das schwerste.»

Ein anderer sagte: «Der ist gar nicht blöd. Er will mehr Brot essen als wir. Los, geben wir ihm den Korb.»

Vier Sklaven hoben Äsop den Korb auf den Rücken. Niedergedrückt von dem unerträglichen Gewicht wankte Äsop los. Der Sklavenhändler Ophelion war erstaunt. Er sagte: «Da seht, wie Äsop sich abquält. Er schleppt die Last für ein Lasttier. Es hat sich gelohnt, daß ich ihn gekauft habe.»

Die anderen Sklaven trugen immer zu zweit ein einziges Gepäckstück. Sie spotteten über Äsop. Auf der Straße versuchte der, den richtigen Schritt zu finden. Erschöpft erreichten die Sklaven ein Gasthaus.

Der Sklavenhändler sagte: «Äsop, gib den anderen Brot. Immer ein Brot für zwei Leute.»

Der Korb wurde halb leer. Nach der Mahlzeit ging der Marsch sogleich weiter. Die anderen schleppten sich mit ihren Lasten ab, aber Äsop ging leichteren Schrittes. Nach einer Stunde gelangten sie zu einem zweiten Gasthaus. Wieder mußte Äsop Brot verteilen, immer für zwei Leute ein Brot. Der Brotkorb wurde leer. Äsop nahm den leeren Korb auf die Schulter und lief voraus. Ein Sklave fragte einen anderen: «Wer geht da vorn? Ist das ein Fremder?»

Der andere sagte: «Ich weiß nicht recht. Ich glaube, das ist der Neue.»

Der erste sagte: «Ein schlauer Kerl.»

«Ja», sagte der andere, «die Häßlichen besitzen Verstand.»

«Ein Fuchs ist das», sagte der erste.

Der Zug der Sklaven zog weiter und kam nach Ephesos. In Ephesos verkaufte der Sklavenhändler Ophelion seine Sklaven, aber drei behielt er übrig: einen Sprachlehrer, einen Lautenspieler und Äsop. Sie erzielten nicht den Preis, den Ophelion gefordert hatte.

Ein Freund des Sklavenhändlers sagte: «Ophelion, wenn du diese drei Kerle für einen guten Preis verkaufen willst, mußt du nach Samos hinüberfahren. Dort gibt es reiche Leute. Es lebt da der Philosoph Xanthos, der viele Schüler hat. Einer dort nimmt dir bestimmt den Sprachlehrer ab. Ein anderer den Lautenspieler. Und Äsop kauft einer, der einen Türhüter oder einen Koch braucht.»

OPHELION schiffte sich mit den drei übriggebliebenen Sklaven nach Samos ein. Nach der Ankunft mußte der Lautenspieler ein weißes Gewand und einen feinen Umhang anlegen; Ophelion kämmte ihm das Haar. Schließlich legte er ihm noch ein Tuch um. Der Sprachlehrer bekam ein luftiges Kleid, das bis zu den Knöcheln reichte, damit seine häßlichen Waden verborgen blieben. Auch ihm kämmte Ophelion das Haar. Äsop mußte ein sackartiges Gewand anziehen und sich mit einem Stoffetzen gürten. Schließlich stellte Ophelion alle drei zum Verkauf aus, Äsop zwischen die beiden hochgewachsenen Attraktiven. Der Ausrufer pries die drei Sklaven an, und viele Interessierte kamen herbei. Einer sagte: «Schaut mal, die zwei Hübschen. Aber der Kleine in der Mitte verschandelt alles. Weg mit dem!» Jedoch Äsop blieb stehen.

Zufällig oder nicht wurde die Frau des Philosophen Xanthos in ihrer Sänfte vorübergetragen. Sie hörte dem Ausrufer zu und ließ sich sogleich nach Hause bringen.

«Mann», sagte sie zu Xanthos, «immer wirst du

von meinen Mägden bedient. Wir brauchen für dich einen männlichen Sklaven. Auf dem Markt werden gerade Sklaven angeboten. Kauf einen.»

Xanthos sagte: «Wenn du es willst, will ich es auch.»

Er ging zu seinen versammelten Schülern und verwickelte sie in einen gelehrten Disput. Schließlich beendete er die Übung und machte sich mit ihnen auf den Weg zum Markt.

Als Xanthos der zwei ansehnlichen und des häßlichen Sklaven ansichtig wurde, sagte er: «Ein scharfsinniger Kaufmann, dieser Sklavenhändler.»

Ein Schüler sagte: «Warum lobst du den Händler?»

«Der Händler hat den häßlichen Sklaven zwischen zwei schöne Sklaven gestellt, weil das Abstoßende des Häßlichen die Schönheit der Schönen hervorhebt. Ohne das Häßliche wäre das Schöne nicht so deutlich vor Augen getreten.»

Die Schüler waren von Xanthos' Erklärung hingerissen.

«Treten wir näher», sagte Xanthos, «ich will einen Sklaven als meinen Diener kaufen.»

Xanthos trat vor den Lautenspieler und sagte: «Woher kommst du?»

«Ich bin Kappadokier.»

«Wie heißt du?»

«Ligyris.»

«Was kannst du?»

«Ich? Kann alles.»

Äsop lachte auf.

Einer von Xanthos' Schülern zeigte auf Äsop und sagte: «Sieht der nicht wie ein Ungeheuer aus?»

Ein anderer Schüler sagte: «Warum hat der gelacht?»

Ein dritter Schüler sagte: «Der hat sich vor Kälte geschüttelt.»

Der zweite Schüler ging zu Äsop hin, zupfte ihn am Gewand und sagte: «Mein Verehrtester, warum hast du gelacht?»

Äsop sagte: «Verschwinde, du Meerschaf!»

Der Schüler begriff das Wort ‹Meerschaf› nicht und trat zurück.

Xanthos fragte jetzt Ophelion: «Was soll dieser Ligyris kosten?»

«Tausend Denare.»

Das war Xanthos zu teuer, und er sagte zu dem Sprachlehrer: «Woher stammst du?»

«Aus Lydien.»

«Wie heißt du?»

«Philokalos.»

«Und was kannst du?»

«Alles.»

Wieder lachte Äsop.

Der zweite Schüler sagte: «Über alles lacht der. Warum? Wenn ich wieder ein Meerschaf sein will, frage ich ihn noch einmal.»

Xanthos fragte Ophelion: «Und wieviel verlangst du für den Philokalos?»

«Dreitausend Denare.»

Xanthos wandte sich ab und wollte gehen. Einer seiner Schüler sagte: «Meister, gefallen dir die schönen Sklaven nicht?»

«Doch, aber sie sind mir zu teuer. Ich suche einen einfachen Diener.»

Der Schüler sagte: «So nimm doch den Häßlichen. Wir legen das Geld zusammen. Er wird seine Arbeit machen.»

«Witzig», sagte Xanthos. «Ich kaufe einen Sklaven, und ihr bezahlt ihn. Aber Spaß beiseite. Meine Frau achtet sehr auf Sauberkeit. Einen schmutzigen Sklaven würde sie nicht mögen.»

«Aber Meister», sagte der Schüler, «du hast uns doch gelehrt, daß man einer Frau nicht gehorchen soll.»

«Also gut», sagte Xanthos, «ich will hören, ob der Häßliche etwas kann. Wir dürfen doch unser Geld nicht zum Fenster hinauswerfen.»

Xanthos wandte sich Äsop zu und sagte: «Sei nicht traurig.»

«Warum sollte ich traurig sein.»

Einer der Schüler sagte: «Brillant! Warum sollte er auch traurig sein.»

Xanthos sagte zu Äsop: «Was bist du für einer?»

«Einer aus Fleisch.»

«Danach habe ich nicht gefragt. Wo bist du geboren?»

«Im Schoß meiner Mutter.»

«Wortspalter! Ich meine: an welchem Ort?»

«Meine Mutter hat mir nicht gesagt, ob es im Schlafzimmer oder im Eßzimmer war.»

Jetzt wurde Xanthos ein wenig ärgerlich. Er sagte: «Welcher Abstammung?»

«Ich bin Phryger.»

«Was kannst du?»

«Ich? Ich kann nichts.»

«Warum ‹nichts›?»

«Weil die beiden Schönen schon alles können.»

Einer der Schüler sagte: «Glänzend!»

«Soll ich dich kaufen?», sagte Xanthos zu Äsop.

«Du glaubst wohl, du hättest mich schon als Ratgeber in deinem Besitz, daß du mich so etwas fragst. Willst du mich kaufen, so kauf mich. Wenn nicht, so laß es sein. Mir ist es gleichgültig. Hör auf, dich über mich lustig zu machen.»

«Der hat es unserem Meister ganz schön gegeben», tuschelte ein Schüler.

Xanthos sagte: «Ich möchte dich kaufen, aber wirst du mir auch nicht weglaufen?»

«Wer ist denn schuld, wenn ich weglaufe? Du oder ich!»

«Du.»

«Nein», sagte Äsop, «du.»

«Ich?»

«Ja, denn wenn du gut zu mir bist, werde ich bei dir bleiben. Bist du aber schlecht, dann bleibe ich keinen Tag, keine halbe Stunde, keinen Augenblick.»

«Was du sagst, klingt vernünftig. Aber du siehst häßlich aus.»

«Was bedeutet schon mein Körper. Interessiere dich lieber für meinen Geist.»

«Was ist eigentlich der Körper», fragte Xanthos.

«Der Körper ist ein Etwas, das in die Kneipe geht und mit Wein gefüllt wird. Es gibt auch häßliche Gefäße mit vorzüglichem Inhalt.»

Xanthos wandte sich an Ophelion: «Was verlangst du für ihn?»

Der Sklavenhändler sagte: «Verspottest du meine Ware?»

«Wie kommst du darauf.»

«Die schönen Sklaven verschmähst du, aber diesen Abschaum willst du kaufen. Kauf einen von den Schönen, dann kriegst du den da obendrauf.»

Xanthos sagte noch einmal: «Was verlangst du für den da.»

Ophelion sagte: «Sechzig Denare, dazu fünfzehn, die mich sein Unterhalt gekostet hat.»

Weil die Steuereintreiber gehört hatten, daß Sklaven verkauft würden, kamen sie herbeigeeilt und fragten, wer der Verkäufer sei und wer der Käufer. Ophelion schwieg, und Xanthos scheute sich zu sagen, daß er für lediglich fünfundsiebzig Denare einen Sklaven gekauft habe. Da rief Äsop: «Ich bin verkauft und gekauft worden! Wenn das keiner sagt, dann bin ich vermutlich frei!»

Xanthos sagte jetzt: «Ich habe diesen Sklaven für fünfundsiebzig Denare gekauft.»

Die Steuereintreiber lachten über den Preis und erließen Xanthos die Steuer.

Äsop ging mit dem Philosophen Xanthos und dessen Schülern vom Markt.

Die Sonne stand im Zenit, die Hitze war groß, der Weg zu Xanthos' Haus war weit. Plötzlich hob Xanthos sein Gewand und schlug im Gehen sein Wasser ab. Äsop hielt ihn am Ärmel fest und sagte: «Verkauf mich wieder, sonst laufe ich weg.»

«Äsop, was ist los mit dir!»

«Verkaufe mich. Dir kann ich nicht dienen.»

«Hat mich jemand bei dir verleumdet? Hat mich jemand einen Sklavenschinder genannt? Achte nicht auf solche Verleumdungen. Sie bringen nur Ärger. Die Leute reden nun einmal gerne schlecht über mich.»

«Dich hat deine Pisse verleumdet. Du bist ein Herr, ein freier Mann, du hättest dir bis zu Hause Zeit lassen können. Aber was hast du getan? Im Gehen gepißt! Was soll da ich tun, wenn ich einmal einen eiligen Auftrag zu erfüllen habe? Soll ich im Fluge pissen?»

Xanthos sagte: «Deswegen ereiferst du dich?»

«Ja, sehr!»

«Die Sonne brennt vom Himmel. Pinkle ich jetzt im Stehen, versengt mir der heiße Boden die Sohlen, der Urin sticht mir in die Nase und die Sonnenstrahlen erhitzen meinen Kopf.»

«Das überzeugt mich», sagte Äsop, «du kannst weitergehen.»

«Ich wußte noch gar nicht, daß ich mir einen Herrn gekauft habe», sagte Xanthos.

Als sie schließlich angekommen waren, sagte Xanthos: «Meine Frau ist sehr auf Sauberkeit bedacht. Warte vor dem Haus, bis ich dich angekündigt habe. Sonst verlangt sie bei deinem Anblick ihre Aussteuer zurück und sucht das Weite.»

«Wenn du von einer Frau beherrscht wirst...», sagte Äsop.

Xanthos ging ins Haus und sagte zu seiner Frau:

«Du brauchst dich nicht mehr darüber zu beklagen, daß ich mich von deinen Mägden bedienen lasse. Ich habe einen Sklaven gekauft.»

«Während der Mittagsruhe habe ich geträumt, daß du einen sehr schönen Sklaven kaufst. Dank sei Aphrodite, sie hat meinen Traum erfüllt.»

«Warte, Frau, du sollst eine Schönheit erblicken, wie sie dir noch nie vor Augen gekommen ist.»

Die Mägde fingen sogleich zu schwatzen an. Die eine sagte: «Das ist ein Mann für mich.»

Eine zweite sagte: «Nein, für mich!»

Die dritte sagte: «Eine hübschere als du wird ihn bekommen.»

Darauf die zweite: «Bist du hübscher als ich?»

Und wieder die dritte: «Bist du etwa hübsch?»

Xanthos' Frau sagte: «Wo ist er?»

«Vor der Tür», sagte Xanthos. «Ein wohlerzogener Mensch betritt ein fremdes Haus nicht ungebeten. Er wartet darauf, gerufen zu werden.»

«Man rufe ihn herein», sagte Xanthos' Frau.

Die klügste unter den Mägden sagte sich: «Ich gehe hinaus und nehme ihn mir.»

Sie ging hinaus und rief: «Wo ist der Neue?»

Äsop sagte: «Hier!»

«Du bist der Neue? Wo hast du denn deinen Schwanz?»

Da Äsop verstand, daß sie ihn einem Hund

gleichsetzte, sagte er: «Du glaubst es vielleicht nicht, aber bei mir ist der Schwanz vorn.»

«Warte hier!»

Die Magd ging ins Haus und sagte zu den Mägden: «Ehe ihr euch länger um den Neuen streitet, seht euch dieses Prachtexemplar an.»

Eine der Mägde ging hinaus und sagte: «Wo ist denn der Neue, mein Schöner?»

«Hier!» sagte Äsop.

«Du Scheusal», sagte die Magd. «Los, geh ins Haus. Aber komm mir nicht zu nahe.»

Äsop betrat das Haus. Xanthos' Frau sah Äsops schmutziges Gesicht, kehrte sich um und schrie Xanthos an: «Fein ausgedacht! Weil du dir eine andere nehmen willst, bringst du mir diesen Dreck, damit ich zu meinen Eltern zurückkehre. Du weißt doch, daß ich Sauberkeit über alles liebe. Ich kann es nicht ertragen, solch ein Lumpenbündel im Haus zu haben. Gib mir meine Aussteuer zurück, ich gehe fort.»

Xanthos sagte zu Äsop: «Du hast mir unterwegs Vorhaltungen gemacht, aber jetzt schweigst du.»

Äsop sagte: «Soll sie sich doch zum Teufel scheren.»

«Schweig!», sagte Xanthos, «ich liebe sie.»

«Liebst du sie wirklich?»

«Ja!»

«Du willst, daß sie bleibt?»

«Na sicher, du Narr!»

Äsop stampfte mit dem Fuß auf und sagte: «Du willst, daß ich rede. Also gut. Wenn der Philosoph Xanthos von seiner Frau beherrscht wird, zeige ich im Hörsaal auf ihn und sage: ‹Seht ihn euch an. So sieht ein Kehrichthaufen aus.›»

«Schön, Äsop», sagte Xanthos.

«Und du, Frau», sagte Äsop zu seiner neuen Herrin, «du willst, daß dich dein Mann mit einem hübschen Sklaven erfreut.»

«Warum denn nicht?»

«Der hübsche Sklave soll dir ins Bad nachgehen, er soll dir das Kleid abnehmen, er soll sich nach dem Bad zu dir setzen, er soll dich anstarren, als bewundere er ein kostbares Geschmeide. Du möchtest ihn anlächeln und in dein Schlafgemach rufen. Er soll dir die Füße streicheln, und du willst ihn küssen und mit ihm anstellen, was dir Spaß macht zur Schande des Philosophen Xanthos. Ach, Euripides, man hätte deinen Mund vergolden sollen für die Worte:

> Furchtbar ist die Wucht der Meereswogen,
> Furchtbar Flusses oder Feuers Macht,
> Furchtbar Armut, andere Gewalten,
> Nichts so furchtbar wie ein böses Weib.

Du bist die Frau eines Philosophen und solltest eigentlich klug sein, aber du willst dich von Schönlingen bedienen lassen und bringst deinen Mann in Verruf. Du scheinst sehr auf Beischlaf zu sinnen und hast nichts anderes im Kopf als einen neuen Mann, du Dirne!»

Xanthos' Frau sagte: «Wie kannst du es wagen, mir so etwas an den Kopf zu werfen!»

Xanthos sagte zu seiner Frau: «Er hat nicht unrecht. Und achte darauf, daß er dich nicht sieht, wenn du deine Notdurft verrichtest, denn dann wirst du ihn erst richtig kennenlernen.»

«Bei allen Musen», sagte Xanthos' Frau, «dieser Mann ist gefährlich. Ich will Frieden mit ihm machen.»

Xanthos sagte zu Äsop: «Die Herrin hat sich mit dir versöhnt.»

«Das ist doch etwas», sagte Äsop, «wenn es mir gelingt, eine Frau mit Schelte zu zähmen.»

Xanthos sagte mit einem Blick auf seine Frau: «Aber jetzt ist es damit auch genug.»

Xanthos' Frau sagte zu Äsop: «Ich weiß jetzt, daß du nicht auf den Kopf gefallen bist. Aber ich bin durch einen Traum verleitet worden. Mir schwebte ein schöner Sklave vor. Du jedoch bist häßlich.»

«Rede kein albernes Zeug», erwiderte Äsop,

«nicht alle Träume sind wahr. Deshalb verlieh Zeus dem Apollon die Fähigkeit der Weissagung. Bewundert von jedem, verstieg er sich zu dem Glauben, er dürfe alle anderen verachten. Ein großer Aufschneider war er. Er machte sich größer als Zeus. Aber Zeus wollte nicht, daß Apollon so einflußreich wäre. Da ließ Zeus die Träume einiger Leute in Erfüllung gehen. Apollon mußte hinnehmen, daß seine Weissagungen nicht mehr gefragt waren. Er bat Zeus, ihm zu vergeben. Zeus versöhnte sich mit Apollon und gab den Menschen wieder Träume ein, die sie irreführen. Erst dank der Weissagungen finden sie heraus, was wahr ist. Dein Traum hat dir scheinbar etwas Wirkliches vorgegaukelt. Aber das Traumbild war falsch.»

Xanthos gab Äsop recht und lobte dessen Scharfsinn und Schlagfertigkeit. Dann sagte er: «Äsop, nimm das Tragetuch, wir wollen Gemüse einkaufen.»

Äsop nahm das Tragetuch und folgte Xanthos zum Gärtner. Xanthos sagte zum Gärtner: «Gib mir Gemüse.»

Der Gärtner stach einige Stangen Spargel und schnitt einen Kohlkopf, etwas Mangold und verschiedene Küchenkräuter ab. Das alles gab er Äsop. Xanthos wollte bezahlen, aber der Gärtner fragte: «Wofür, Herr?»

«Für das Gemüse!»

«Und der Garten? Und die Pflanzen? Siehst du sie dir gar nicht an? Ist dir meine Arbeit kein einziges Wort wert?»

«Behalte das Geld oder behalte das Gemüse, aber sage mir, was einem Gärtner an meinen Worten liegt. Ich bin kein Handwerker, der dir eine Hacke oder eine Schere machen könnte. Ich bin Philosoph.»

«Du könntest mir sehr helfen. Ich kann nachts nicht schlafen, weil mich die Frage quält, warum die Pflanzen, die ich setze, hacke und gieße, langsamer wachsen als die wilden Kräuter.»

Xanthos wußte auf diese philosophische Frage nicht sogleich Antwort und sagte beiläufig: «Die göttliche Vorsehung.»

Da mußte Äsop lachen.

Xanthos sagte: «Lachst du mich aus oder lachst du einfach so.»

«Nicht dich lache ich aus.»

«Wen sonst?»

«Deinen Lehrer.»

«Du verdammter Kerl! Setzt du die Lehren der Griechen herab? Ich bin in Athen zu Philosophen in die Schule gegangen, zu Lehrern der Rhetorik und zu Sprachlehrern. Bildest du dir ein, du könntest in den Helikon der Musen eindringen?»

«Wenn du nicht weiterweißt, dann gehörst du ausgelacht, Xanthos.»

«Gibt es etwa eine andere Antwort? Kannst du dem Gärtner antworten? Was die Götter befohlen haben, dürfen Philosophen nicht untersuchen.»

«Na schön, Xanthos, ich will dem Gärtner Antwort geben.»

Xanthos wandte sich dem Gärtner zu und sagte: «Höre, mein Lieber. Ich pflege in Hörsälen zu unterrichten. Es liegt mir nicht, im Garten zu disputieren. Der Bursche, der mich begleitet, ist ein erfahrener Mann. Frage ihn, er wird dir antworten.»

«Was?», sagte der Gärtner, «dieser häßliche Kerl hat Ahnung von den Wissenschaften?»

Äsop mußte lachen; er sagte zu dem Gärtner: «Ach, du unglücklicher Mensch.»

«Unglücklich soll ich sein?»

«Bist du nicht ein Gärtner?»

«Ja.»

«Und da bist du ärgerlich, wenn ich dich unglücklich nenne? Hör zu! Eine Frau und ein Mann heiraten zum zweiten Mal, und beide haben aus der ersten Ehe Kinder. Die Frau ist die Mutter ihrer Kinder, aber für die Kinder des Mannes ist sie die Stiefmutter. Ihre leiblichen Kinder umsorgt sie zärtlicher als ihre Stiefkinder. Die Stiefkinder sind ihr fremd. Genauso ist es mit der Erde. Sie ist die Mutter der Pflanzen, die sie selber hervorbringt, aber für die Pflanzen, die du einpflanzt, ist sie die Stiefmutter.»

Der Gärtner antwortete: «Du hast mir sehr geholfen. Das Gemüse, das ich dir gegeben habe, schenke ich dir. Wenn du etwas brauchst, komm in meinen Garten wie in deinen eigenen.»

Xanthos sagte eines Tages zu Äsop: «Du hast genau das zu tun, was ich dir sage, nicht mehr und nicht weniger. Nimm den Ölkrug und die Leinentücher und komm mit mir ins Bad.»

Äsop dachte: «Manche Herren können nicht schnell genug bedient werden und schaden sich damit selbst. Ich will diesen Philosophen lehren, wie man Aufträge erteilt.»

Äsop nahm den leeren Ölkrug und die Leinentücher und folgte seinem Herrn ins Bad. Xanthos entkleidete sich, gab die Kleider Äsop und sagte: «Gib mir den Ölkrug.»

Äsop gehorchte. Xanthos wollte den Ölkrug ausgießen. «Äsop, wo ist das Öl?»

«Zu Hause.»

«Wieso das?»

«Du hast gesagt: ‹Nimm den Ölkrug und die Leinentücher›, aber du hast nichts von Öl gesagt.»

Da mußte Xanthos klein beigeben.

Im Bad traf Xanthos Freunde mit ihren Dienern. Zu Äsop sagte er: «Gib denen meine Kleider. Du aber geh nach Hause. Meine Frau hat aus irgendeinem Ärger das Gemüse zertreten. Koche uns ein paar Linsen. Gib die Linsen in den Topf und das Wasser dazu, setze den Topf auf den Herd und mach Feuer. Wenn das Feuer ausgeht, fach es wieder an.»

«In Ordnung», sagte Äsop.

Er ging nach Hause, warf ein Paar Linsen in den Topf und kochte sie.

Im Bad sagte Xanthos zu seinen Freunden: «Wollt ihr nach dem Bad eine Kleinigkeit bei mir essen? Es gibt zwar nur Linsen, aber man soll jemanden wegen seiner Gastlichkeit schätzen, nicht wegen der Reichhaltigkeit der Mahlzeit.» Die Freunde nahmen die Einladung an.

Xanthos kam mit seinen Freunden ins Haus und sagte zu Äsop: «Hol uns etwas für den Durst vom Bade.»

Äsop mischte das Getränk mit altem Badewasser und reichte Xanthos den Krug. Xanthos fragte: «Was ist das.»

«Das ist etwas für den Durst vom Bade.»

Xanthos wurde wütend und herrschte Äsop an: «Bring mir ein Becken!»

Äsop stellte ein leeres Becken hin.

Xanthos fragte ungehalten: «Was soll das!»

Äsop antwortete: «Du hast gesagt: ‹Bring mir ein Becken›, und nicht: ‹Tu Wasser in das Becken und wasche mir die Füße›.»

Xanthos, zu seinen Freunden gewandt, sagte: «Ich habe mir einen Schulmeister gekauft und keinen Sklaven. Laßt uns zu Tisch gehen.»

Er fragte Äsop: «Sind die Linsen fertig?»

«Ja, Xanthos.»

«Laß sehen.»

Äsop nahm einen Schöpflöffel, angelte das Paar Linsen heraus und gab es Xanthos.

«Gut», sagte Xanthos, «die Linsen sind gar. Jetzt trag sie auf.»

Äsop teilte das heiße Wasser aus.

Xanthos sagte: «Und wo sind die Linsen?»

«Die hast du gegessen, Xanthos.»

«Was?! Hast du nur zwei Linsen gekocht?»

«Ja. Du hattest gesagt: ‹Koche uns ein Paar Linsen.› Ein Paar sind eben nur zwei.»

«Ich kann meine Gäste nicht zum Narren halten. Also geh und bereite die vier Schweinsfüße zu, die du gekauft hast.»

Äsop setzte die Schweinsfüße auf. Xanthos suchte nach einem Anlaß, Äsop zu bestrafen. Er sagte: «Äsop, hole Essig aus der Speisekammer und gieße davon einen Schuß in den Topf.» Äsop ging in die Speisekammer. Währenddessen nahm Xanthos einen Schweinsfuß aus dem Topf und versteckte ihn. Als Äsop bemerkt hatte, daß nur noch drei Schweinsfüße im Topf waren, ging er in den Stall, fesselte das Schwein, das zum Geburtstag der Herrin geschlachtet werden sollte, band dem Schwein das Maul zu und hackte ihm einen Fuß ab. Den warf er zu den drei anderen Schweinsfüßen in den Topf. Xanthos aber besann sich und tat den Fuß, den er aus dem Topf genommen hatte, wieder zurück. Keiner von beiden bemerkte, daß jetzt fünf Schweinsfüße im Topf waren.

Bald fragte Xanthos: «Äsop, hast du die Schweinsfüße gekocht?»

«Ja.»

«Bring sie uns.»

Äsop leerte den Topf in eine Schüssel, die er auf den Tisch gestellt hatte. Er war verblüfft.

Xanthos aber erschrak: «Äsop, wieviel Füße hat ein Schwein?»

«Es hat alles seine Richtigkeit. Diese Sau hatte fünf Füße. Dafür hat die Sau im Stall nur drei.»

Xanthos sagte in die Runde seiner Freunde: «Dieser Mensch macht mich noch wahnsinnig.»

Einige Tage später mußte Äsop mit Xanthos in den Hörsaal gehen, damit alle Schüler Äsop kennenlernten. Nicht lange darauf bat einer der Schüler Xanthos und die Mitschüler zu einem Gastmahl.

Xanthos sagte zu Äsop: «Begleite mich. Und nimm einen Korb mit und eine Schüssel und eine Serviette. Außerdem eine Fackel, meine Sandalen und was ich sonst noch brauche.»

Äsop tat, wie der Herr ihm geheißen, und ging mit. Xanthos langte kräftig zu. Er gab Äsop von allem etwas, und Äsop verstaute es im Korb. «Hast du jetzt von allem etwas eingepackt, Äsop?»

«Ja.»

«Bringe die Sachen meiner Liebsten.»

Äsop sagte sich: «Das ist eine günstige Gelegenheit, mich an der Herrin dafür zu rächen, daß sie mich am Anfang verhöhnt, das Gemüse zertreten und mich dauernd davon abzuhalten versucht hat, ein treuer Diener meines Herrn zu sein. Ich werde ihr zeigen, daß eine Frau einem gutwilligen Diener nur wenig schaden kann.»

Äsop stellte den Korb zu Hause hin, rief Xanthos' Frau und zeigte ihr die Speisen. «Seht nach», sagte er, «ob ich heimlich davon gegessen habe.»

«Alles ist unberührt, Äsop. Das hat mir der Herr geschickt?»

«Nein!»

«Wer soll es bekommen?»

«Seine Liebste.»

«Wer ist das?»

«Warte, und du wirst es sehen.»

Äsop rief die Hündin Lykaina.

Die Hündin kam, und Äsop fütterte sie.

Nachdem die Hündin den Korb leer gefressen hatte, ging Äsop zum Gastmahl zurück.

«Nun?», fragte Xanthos, «hast du ihr alles gegeben?»

«Ja.»

«Hat sie gegessen?»

«Ja, alles.»

«Alles?»

«Sie hatte großen Hunger.»

«Hat es ihr geschmeckt?»

«Sehr.»

«Was hat sie gesagt?»

«Gesagt hat sie nichts, aber sie sah sehr dankbar aus.»

«Jetzt ist sie mir wieder gewogen.»

Xanthos' Frau aber sagte zu ihren Dienerinnen:

«Ich kann mit meinem Mann nicht mehr zusammenleben. Er zieht mir die Hündin vor. Ich verlange meine Aussteuer zurück, ich gehe fort.» Niedergeschlagen ging sie in ihr Gemach.

Das Gastmahl nahm seinen Lauf. Die gelehrten Männer erörterten allerhand Fragen. Ein Schüler fragte: «Wann wird es unter den Menschen großen Aufruhr geben?»

Äsop, der hinter Xanthos stehen mußte, antwortete: «Wenn die Toten auferstehen und ihr Eigentum zurückverlangen.»

Unter den Schülern gab es Gemurmel und Gelächter. Ein anderer Schüler sagte: «Das ist der Sklave, den Xanthos kürzlich gekauft hat.»

Ein dritter Schüler bemerkte: «Er hat mich ‹Meerschaf› genannt.»

Ein vierter Schüler sagte: «Er hat seine eigene Meinung, und er lernt von Xanthos.»

«So wie ihr», sagte Äsop.

Die Schüler bedrängten Xanthos: «Laß ihn mittrinken!»

Xanthos erlaubte es.

Ein fünfter Schüler fragte: «Warum schreit ein Schaf nicht, das zur Schlachtbank geführt wird, wogegen doch ein Schwein fürchterlich quiekt?»

Keiner wußte eine Antwort. Da sagte Äsop: «Das Schaf wird gemolken und geschoren. Es fürchtet den Menschen nicht, und es fürchtet nicht das Messer.»

«Klug!», riefen die Schüler.

Das Gastmahl ging zu Ende, und Xanthos trat

den Heimweg an. Zu Hause betrat er sogleich das Gemach seiner Frau. Er streichelte und küßte sie, aber sie drehte sich zur Seite und sagte: «Komm mir nicht zu nahe!»

Xanthos war entsetzt: «Verdammt, was soll das!»

«Geh zu deiner Hündin! Sie hat sich sehr über deine Speisen gefreut.»

«Hab ich nicht geahnt, daß Äsop wieder Ärger macht?»

Er rief Äsop und fragte ihn: «Was hast du angestellt?»

«Du hast doch gesagt: ‹Bringe die Sachen meiner Liebsten.›»

Xanthos' Frau sagte: «Mir hat er nichts gegeben.»

Äsop fragte Xanthos: «Wer liebt dich denn?»

«Na, wer wohl», fragte Xanthos.

Äsop rief die Hündin Lykaina und sagte: «Die hier! Deine Frau aber liebt dich nicht. Der Beweis: Wegen einer Albernheit verlangt sie ihre Mitgift zurück und will fortgehen. Prügle dagegen deine Hündin; sie wird deswegen nicht fortlaufen. Du hättest zu mir sagen sollen: ‹Bringe die Sachen meiner Frau›, und nicht: ‹meiner Liebsten›.»

«Siehst du», sagte Xanthos zu seiner Frau, «es war nicht mein Fehler. Ich werde Äsop bestrafen, damit du Genugtuung erfährst.»

Am nächsten Tag lud Xanthos seine Schüler ein und sagte zu Äsop: «Ich habe meine Freunde zum Essen eingeladen. Gehe einkaufen und kaufe das Beste, was es gibt.»

Äsop dachte: «Ich werde ihm schon zeigen, wie dumm es ist, solche Befehle zu geben.» Er kaufte Schweinszungen ein und kochte sie.

Als alle Gäste versammelt waren, rief Xanthos: «Äsop, trage das Essen auf!»

Äsop brachte jedem Gast eine gekochte Schweinszunge und dazu Brühe.

Ein Schüler sagte: «Xanthos, dein Essen ist philosophisch. Gleich zu Anfang werden uns Zungen vorgesetzt.»

Als die Zungen gegessen und zwei, drei Becher geleert waren, rief Xanthos: «Äsop, bring uns mehr!»

Jetzt brachte Äsop gebratene Schweinszungen, die scharf mit Pfeffer und Salz gewürzt waren.

Ein anderer Schüler rief aus: «Vorzüglich, Xanthos! Das Salz und der Pfeffer regen uns zu geschliffener Redeweise an.» Sie tranken und redeten.

Schließlich rief Xanthos: «Äsop, mehr!»

Äsop brachte jedem wiederum eine scharf gewürzte, gebratene Zunge.

Ein dritter Schüler sagte: «Mir tut schon die Zunge weh vom Zungenessen!»

Ein vierter Schüler fragte Xanthos: «Hast du nichts anderes?»

Xanthos befahl Äsop: «Serviere uns Austern!»

Aber Äsop servierte den Rest der Brühe.

«Haben wir nichts anderes?»

«Nein, Xanthos. Nichts.»

«Verdammt noch mal. Habe ich dir nicht gesagt: ‹Kaufe das Beste›?»

«Was ist besser als Zunge? Ohne Zunge kann man gar nichts. Nicht einmal einkaufen. Durch die Zunge wird die Wissenschaft gelehrt. Durch die Zunge werden Gesetze erlassen. Durch die Zunge wird das Leben geordnet; es gibt also nichts Besseres als die Zunge.»

Die Schüler sagten: «Er hat recht. Der Fehler liegt bei dir, Xanthos.»

Die Gäste machten sich auf den Heimweg und hatten die ganze Nacht Durchfall.

Am nächsten Tag machten die Schüler ihrem Lehrer Vorhaltungen. Xanthos aber verteidigte sich: «Schuld hat der Taugenichts Äsop. Aber ich werde euch heute ein zweites Essen geben, und in eurer Gegenwart will ich Äsop meine Befehle erteilen.»

Er rief Äsop und sagte: «Geh auf den Markt und kaufe das Allerschlechteste!»

Äsop ging zum Fleischer, kaufte Schweinszungen und bereitete sie zu.

Xanthos und seine Schüler setzten sich zu Tisch. Nach dem ersten Glas Wein setzte Äsop jedem eine Pökelzunge mit Brühe vor.

«Schon wieder Zunge!», riefen die Schüler. Einer sagte: «Vielleicht will er unsere Mägen kurieren.»

Nach dem zweiten Glas Wein rief Xanthos: «Äsop, bring uns den nächsten Gang!»

Jetzt servierte Äsop gebratene Zungen. Ein anderer Schüler sagte: «Dieser alberne Mensch bringt uns noch um.»

Xanthos konnte kaum seine Wut bezwingen: «Warum hast du wieder Zungen gekauft? Habe ich dir nicht gesagt: ‹Kaufe das Allerschlechteste›?»

Äsop antwortete: «Durch die Zunge entsteht Hinterlist, Eifersucht, Feindschaft und Streit. Es gibt also nichts Schlechteres als die Zunge.»

Ein Schüler meinte: «Xanthos, wenn du dich nicht vorsiehst, wird Äsop dich noch um den Verstand bringen. Seine Seele ist wie sein Körper. Dieser hinterhältige Kerl ist keinen Obolos wert.»

Äsop herrschte den Schüler an: «Schweig! Hinterhältig bist du! Du hetzt Xanthos gegen mich auf. Statt dich um deine eigenen Angelegenheiten zu kümmern, mischst du dich vorwitzig in Dinge ein, die dich nichts angehen.»

Xanthos griff ein: «Äsop, da ich nun mit meinem

Sklaven schon philosophieren muß – beweise doch, daß mein Schüler vorwitzig ist.»

«Nur wenige Menschen denken über ihre eigenen Fehler nach und mischen sich nicht in die Angelegenheiten anderer Leute ein. Aber viele, die sich bei anderen durchessen, stecken ihre Nase in deren Dinge», sagte Äsop.

«Kannst du mir beweisen, daß es einen Menschen gibt, der sich nur um seine eigenen Dinge kümmert, so werde ich einen neuen Lehrsatz aufstellen. Morgen soll jemand anders das Essen kochen. Du aber lade einen Menschen zum Essen ein, der sich nicht in fremde Angelegenheiten mischt. Tut er es doch, so will ich beim ersten Mal schweigen, beim zweiten Mal will ich Gnade walten lassen, aber beim dritten Mal kriegst du Prügel.»

Am folgenden Tag ging Äsop auf den Markt und suchte einen Menschen, dem alles gleichgültig wäre.

In dem Marktgewimmel entdeckte Äsop einen Mann, der ungerührt etwas vorlas. «Das ist mein Mann», dachte Äsop, «er kümmert sich um nichts.» Er ging zu dem Mann hin und sagte: «Der Philosoph Xanthos hat von deinem Gleichmut gehört und lädt dich zum Essen ein.»

«Ich komme», entgegnete der Mann.

Äsop eilte mit dem Mann nach Hause und bat ihn, vor der Tür zu warten.

Xanthos wollte von Äsop hören, ob er einen gleichgültigen Menschen gefunden habe. «Er steht vor der Tür», sagte Äsop.

Als die Mahlzeit begann, führte Äsop den fremden Mann ins Haus und hieß ihn, am Tisch Platz zu nehmen.

Xanthos befahl, den Wein als erstem dem Fremden zu reichen. Doch der wandte ein: «Nein, Herr, nimm du als erster.»

Xanthos sagte zu Äsop: «Ein Punkt für mich.»

Nun wurde Fisch serviert. Xanthos sagte: «Da habe ich nun dem Koch ausführlich erklärt, wie er den Fisch zubereiten soll, aber es fehlen Öl und Gewürze. Der Koch gehört verprügelt.»

Der Fremde mischte sich ein: «Nein, Herr, der Fisch ist gut.»

Xanthos sagte zu Äsop: «Der zweite Punkt für mich.»

Schließlich wurde Kuchen aufgetragen. Xanthos aß ein bißchen davon und befahl, den Bäcker herbeizuholen. «Warum fehlen Honig und Rosinen?», fragte er den Bäcker.

Aber der Fremde bemerkte: «Der Kuchen ist gut.»

Xanthos sagte zu Äsop: «Das dritte Mal.»

Nach dem Essen wurde Äsop an Händen und Füßen gefesselt und kräftig verprügelt. Xanthos sagte: «Wenn du mir keinen gleichgültigen Menschen bringen kannst, breche ich dir alle Knochen.»

Anderntags wanderte Äsop auf der Suche nach einem gleichgültigen Menschen aus der Stadt hinaus. Ihm fiel ein Mann auf, der bäurisch aussah und doch auch städtisch. Der Mann trieb einen Esel vor sich her, der mit Holz beladen war. Obwohl auf dem Weg viele lärmende Leute zugange waren, redete der Mann unbeeindruckt auf den Esel ein. Äsop folgte diesem Mann. Doch der schwang sich auf seinen Esel und sagte: «Nun lauf schon, damit wir schneller vorankommen und das Holz verkaufen können. Einen Teil des Erlöses bekommst du für dein Futter, einen anderen Teil nehme ich für mich, und den Rest sparen wir. Dann haben wir etwas, wenn wir krank werden oder wenn die Geschäfte schlechtgehen. Zwar frißt du heute gute Gerste, aber es kann leicht ein Unglück passieren, und dann hast du nicht einmal mehr Heu.»

Äsop dachte: «Dieser Mann ist offenbar nur an seinen eigenen Angelegenheiten interessiert. Ich will mit ihm sprechen.» Er ging zu dem Mann hin und sagte: «Sei gegrüßt! Was kostet dein Holz?»

Der Mann grüßte zurück und nannte den Preis des Holzes.

Äsop fragte: «Kennst du den Philosophen Xanthos?»

«Nein.»

«Warum nicht?»

«Weil ich nicht neugierig bin. Aber ich habe schon von Xanthos gehört.»

«Ich bin sein Sklave.»

«Was interessiert mich das!»

«Treibe deinen Esel zu dem Haus von Xanthos. Das Holz wird dir abgekauft.»

«Ich weiß gar nicht, wo Xanthos wohnt.»

«Komm mit, ich zeig es dir.»

Äsop und der Mann mit dem Esel langten an, Äsop nahm das Holz in Empfang und bezahlte den Preis. «Mein Herr bittet dich zum Essen», sagte Äsop. «Laß den Esel stehen, jemand wird sich um ihn kümmern.»

Der Mann, in Sandalen und schmutzig, ging ohne Frage ins Haus.

«Ist das der Gleichgültige?», fragte Xanthos.

Er erkannte, daß Äsop sich sicher fühlte und sagte leise zu seiner Frau: «Du möchtest doch, daß Äsop eine Abreibung bekommt?»

«Ich bitte die Götter darum.»

«Dann bring dem Fremden eine Schüssel und

wasche ihm die Füße. Er wird es nicht zulassen wollen und dich fragen, ob es für diese Arbeit keinen Sklaven gibt.»

Xanthos' Frau band sich ein Tuch um die Hüften, nahm ein zweites Tuch über den Arm und brachte die Schüssel. Der Fremde erkannte in ihr die Hausherrin. Er dachte: «Xanthos ist ein Philosoph. Hätte er gewollt, daß mir ein Sklave die Füße wäscht, dann hätte er einen Sklaven geschickt. Will er mir aber die Ehre erweisen, daß seine Frau diese Arbeit tut, so werde ich mir die Füße von ihr waschen lassen.»

Nach der Fußwaschung setzte er sich zu Tisch.

«Klug, dieser Kerl!», dachte Xanthos.

Er ließ dem Fremden als erstem den Wein reichen.

Der Mann dachte: «Die Gastgeber sollten eigentlich als erste trinken. Aber wenn mir der Philosoph Xanthos die Ehre erweist, mich als ersten trinken zu lassen, dann tue ich das.»

Jetzt ließ Xanthos eine Pfanne mit Fischen servieren und sagte zu dem Fremden: «Bedien dich!»

Der Fremde verschlang seinen Fisch wie ein Meeresstrudel.

Xanthos kostete von dem Fisch und verlangte nach dem Koch. Der Koch erschien, und Xanthos herrschte ihn an: «Warum hast du an Gewürz und Öl gespart?! Dir gehört eine Tracht Prügel!»

Der Fremde dachte: «Der Fisch ist gut. Aber wenn Xanthos seinen Koch unbedingt prügeln will – was geht's mich an.»

Der Koch wurde gezüchtigt.

Xanthos glaubte schon, der Fremde sei stumpfsinnig oder stumm.

Nach dem Fisch wurde Kuchen auf den Tisch gebracht. Der Fremde, der vielleicht noch nie einen solchen Kuchen gesehen hatte, schnitt sich sogleich ein ziegelgroßes Stück ab und fing an zu essen.

Xanthos kostete von dem Kuchen und ließ den Bäcker rufen. Er blaffte ihn an: «Warum hast du keine Nüsse und keinen Honig an den Kuchen getan?»

Der Bäcker sagte: «Wenn der Kuchen nicht durchgebacken ist, dann bestraft mich. Wenn er aber nicht süß ist, so bin ich unschuldig. Als ich den Teig angerührt hatte, suchte ich nach Honig, aber die Herrin sagte: ‹Wenn ich aus dem Bad komme, gebe ich dir welchen.› Sie gab mir aber keinen, und deshalb ist der Kuchen nicht süß.»

Xanthos sagte: «Wenn es stimmt, daß meine Frau schuld ist, dann will ich sie bei lebendigem Leib verbrennen.» Seiner Frau flüsterte er zu: «Spiel mit!»

Zu Äsop sagte Xanthos: «Hol Reisig und zünde mitten im Zimmer ein Feuer an!»

Äsop machte ein Reisigfeuer, und Xanthos zog seine Frau zu den Flammen.

Der Fremde saß stumm auf seinem Platz und trank Wein. Er spürte aber, daß Xanthos ihn auf die Probe stellen wollte, und sagte: «Wenn du die verbrennen willst, so warte ein Weilchen, bis ich meine Frau geholt habe. Dann kannst du gleich alle beide verbrennen.»

Xanthos kapitulierte und sagte zu Äsop: «Ich gebe mich geschlagen. Schluß mit den üblen Streichen. Diene mir in Zukunft freundlicher!»

«Wenn du mich nicht mehr tadelst, so wirst du merken, daß ich dir zugetan bin.»

Tags darauf sagte Xanthos: «Äsop, geh ins Bad und sieh nach, ob viele Menschen dort sind.» Auf dem Weg zum Bad begegnete Äsop dem Stadtkommandanten. Der fragte ihn: «Wohin gehst du?»

«Ich weiß es nicht.»

«Du weißt es nicht?»

«Ich weiß es nicht.»

Der Kommandant, aufgebracht, ließ Äsop abführen.

«Siehst du», sagte Äsop, «ich habe die Wahrheit gesagt. Ich wußte nicht, daß ich ins Gefängnis gehe.»

Der Kommandant war erstaunt und ließ Äsop gehen.

Äsop ging zum Bad. Dort drängten sich viele Menschen. Vor dem Eingang lag ein Stein, den niemand beachtete. Doch alle, die das Bad betraten, stießen sich an dem Stein und fluchten. Äsop wunderte sich noch über den Unverstand der Leute, als sich gerade wieder ein Mann an dem Stein weh tat. Der Mann sagte: «Verdammt sei derjenige, der diesen Stein hierher geschmissen hat.» Dann räumte er den Stein beiseite und ging ins Bad.

Äsop ging nach Hause und sagte zu Xanthos: «Im Bad ist nur ein einziger Mensch.»

«Nur einer? Das ist gut. Nimm alles mit, was ich brauche.»

Im Bad aber erblickte Xanthos die vielen Leute: «Äsop! Hast du nicht gesagt, im Bad sei nur ein einziger Mensch?»

«Stimmt. Siehst du den Stein dort am Rand? Er lag vor dem Eingang, und alle haben sich an ihm gestoßen. Nur einer kam auf die Idee, den Stein beiseite zu räumen. Diesen Mann sehe ich als Menschen an.»

«Du hast aber auch immer eine Erklärung parat, um dich zu rechtfertigen.»

Nach dem Bad befahl Xanthos dem Äsop, das Essen zuzubereiten. Bald erschien Xanthos zur

Mahlzeit. Nach dem Essen verspürte Xanthos das Bedürfnis, sich zu erleichtern. Äsop mußte ihm mit einem Tuch und einem Krug Wasser folgen. Xanthos fragte: «Äsop, warum betrachten die Menschen nach dem Stuhlgang ihren Kot?»

«Es lebte einst ein Königssohn, der wegen seines üppigen Lebens immer viel Zeit beim Stuhlgang brauchte. Eines Tages saß er so lange, bis er seine Seele ausgeschissen hatte. Seit dieser Zeit drehen sich die Menschen nach ihrem Kot um, weil sie fürchten, sich ihre Seele aus dem Leib gedrückt zu haben. Aber hab keine Angst; du hast gar keine Seele.»

Xanthos ging wieder zu Tisch. Als alle schon ziemlich betrunken waren, erhob sich ein Streit über schwierige philosophische Fragen. Auch Xanthos mischte sich in das Gespräch ein. Es ging zu wie im Hörsaal. Äsop, der einen endlosen Disput kommen sah, sagte: «Dionysos, als er den Menschen den Wein gab, mischte drei Becher: einen für die Lust, einen für die Freude und einen für den Übermut. Und er lehrte die Menschen die Kunst des Trinkens. Du, Xanthos, hast die Becher der Lust und der Freude geleert. Den Becher des Übermuts überlaß jetzt den jungen. Du hast im Hörsaal genügend Zuhörer.»

Xanthos, betrunken, wie er war, schrie Äsop

an: «Du schweigst aber nicht, du Ratgeber des Hades!»

«Wart nur», entgegnete Äsop, «dann fährst du zum Hades.»

Da mischte sich ein Schüler ein: «Xanthos, glaubst du, daß der Mensch alles kann?»

«Wer hat denn vom Menschen angefangen? Ja, er kann alles.»

«Wenn er alles kann, kann er dann auch das Meer austrinken?»

«Mühelos! Ich werde das Meer austrinken.»

«Aber wenn du es nicht schaffst. Was dann?»

«Ich wette darauf meinen gesamten Besitz! Wenn ich es nicht schaffe, habe ich alles verloren.»

Alle gaben zur Bekräftigung der Wette ihre Ringe als Pfand.

Äsop, der neben Xanthos stand, schlug ihm die Faust ins Genick: «Bist du nicht mehr bei Troste? Wie willst du das Meer austrinken?»

Aber Xanthos lallte: «Schweig, Dreckskerl!»

Am nächsten Morgen wollte Xanthos sich das Gesicht waschen und rief nach Äsop.

«Was ist?»

«Gieß mir Wasser in die Hände.»

Äsop goß Wasser in Xanthos' Hände.

Beim Waschen bemerkte Xanthos, daß sein Ring weg war. «Äsop, wo ist mein Ring?»

«Keine Ahnung.»

«Oh, verdammt.»

«Xanthos», sagte Äsop, «schaff etwas von deinem Besitz beiseite. Denn du hast gestern dein ganzes Vermögen verspielt»

«Was redest du, Äsop!»

«Du hast gewettet, daß du das Meer austrinken kannst, und zum Pfand hast du deinen Ring gegeben.»

«Wie soll ich wohl das Meer austrinken?»

«Ich habe zu dir gesagt: ‹Bist du nicht bei Troste!›, aber du wolltest nicht auf mich hören.»

Xanthos brach in die Knie. «Äsop, weißt du nicht, wie ich die Wette gewinnen oder aus der Wette aussteigen kann?»

«Du kannst die Wette nicht gewinnen. Aber ich kann die Wette platzen lassen»

«Wie denn.»

«Der Wetten-Aufseher wird mit deinem Wettgegner erscheinen und von dir verlangen, das Meer auszutrinken. Bestimmt kommen auch viele Zuschauer, die sehen wollen, wie du das Meer austrinkst. Leugne deine Wette nicht. Laß einen Becher mit Meerwasser füllen und frage den Wetten-Aufseher: ‹Wie lautet die Wette?› Er wird dir sagen: ‹Du willst das Meer austrinken.› Darauf antworte: ‹Ist das alles?› Der Wetten-Aufseher wird sagen: ‹Ja.›

Jetzt erkläre dein Einverständnis und halte eine Rede: ‹Mitbürger! Viele Flüsse fließen ins Meer. Ich habe gewettet, das Meer auszutrinken, nicht aber die Flüsse, die ins Meer münden. Ich verlange, daß mein Gegner die Flußmündungen verschließt. Natürlich weiß ich, daß es unmöglich ist, die Mündungen der Flüsse zu versperren. Also kann ich auch das Meer nicht austrinken.› So trifft Unding auf Unding, und die Wette muß aufgehoben werden.»

Xanthos bewunderte Äsop.

Bald erschien der Schüler, mit dem Xanthos gewettet hatte. Er wurde von den höchsten Beamten der Stadt begleitet. Der Schüler rief vor dem Tor: «Xanthos, halte deine Wette oder gib deinen Besitz heraus!»

Äsop schaltete sich ein: «Mach dir lieber Gedanken über dein Vermögen, denn Xanthos hat die Wette schon halb gewonnen.»

Ärgerlich antwortete der Schüler: «Sei vorsichtig, Äsop. Bald wirst du mir gehören.»

«Red keinen Unsinn und gib Xanthos dein Vermögen.»

Dann ließ Äsop ein Sofa und einen Tisch mit mehreren Bechern am Meeresufer aufstellen. Nachdem sich eine Menge Neugieriger versammelt hatte, nahm Xanthos auf dem Sofa Platz. Äsop füllte die Becher mit Meerwasser.

Der Schüler rief: «Trinkt er etwa wirklich das Meer aus?»

Xanthos winkte den Wetten-Aufseher zu sich und fragte: «Wie lautet die Wette?»

Statt des Aufsehers sagte der Schüler: «Du willst das Meer austrinken.»

«Weiter nichts?»

«Nein», sagte der Aufseher.

Jetzt erhob sich Xanthos und wandte sich dem neugierigen Volk zu: «Mitbürger! Viele Flüsse münden ins Meer. Ich habe nur gewettet, das Meer auszutrinken, nicht aber auch die Flüsse. Also soll mein Gegner die Flußmündungen verschließen.»

Damit hatte er die Wette gewonnen.

Die Menge erhob ein großes Geschrei: «Hoch, Xanthos!»

Der Schüler warf sich vor Xanthos auf die Erde und rief aus: «Mein großer Lehrer, du hast mich geschlagen.»

Die Wette wurde für ungültig erklärt.

Auf dem Rückweg sagte Äsop: «Xanthos, ich habe dir dein Vermögen gerettet. Dafür habe ich die Freiheit verdient.»

Aber Xanthos antwortete: «Immer wieder muß ich erfahren, daß du keine Ruhe geben kannst.»

Äsop erbitterte die Undankbarkeit von Xanthos

mehr als die Fortdauer des Sklavendaseins. Aber er beschied sich.

Eines schönen Tages glaubte Äsop, allein zu sein. Er entkleidete sich, massierte sein Glied und verfiel in anstößige Bewegungen seines Unterleibs. Unversehens kam Xanthos' Frau dazu und sagte: «Äsop, was machst du da?»

«Ich tue mir etwas Gutes.»

Xanthos' Frau sah, wie dick und lang Äsops Ding war. Sie achtete plötzlich nicht mehr der Häßlichkeit Äsops und wurde begierig. «Tue mir etwas Gutes», sagte sie, «und du wirst mehr Spaß haben als Xanthos.»

«Du weißt», sagte Äsop, «daß Xanthos mich hart bestrafen würde, wenn er von dieser Sache Wind kriegte.»

Sie lachte: «Ich gebe dir schöne Kleider, wenn du mich zehnmal befriedigst.»

«Schwöre es!»

Xanthos' Frau schwor es.

Äsop wollte sich an Xanthos rächen und glaubte dem Schwur. Er befriedigte Xanthos' Frau neunmal. Dann sagte er: «Ich kann nicht mehr.»

Sie aber war auf den Geschmack gekommen und sagte: «Du bekommst die neuen Kleider nur nach dem zehnten Mal.»

Äsop strengte sich besonders an, versah sich und

spritzte auf ihren Schenkel. «Jetzt gib mir die Kleider, sonst verrate ich dich an Xanthos.»

Xanthos' Frau erwiderte: «Du solltest meinen Acker pflügen. Dafür habe ich dich gemietet. Aber du bist daneben getreten. Erledige den Rest der Arbeit, dann kriegst du die Sachen.»

Als Xanthos nach Hause gekommen war, sagte Äsop: «Ich muß mich bei dir über deine Frau beschweren.»

«Warum?»

«Wir gingen übers Feld, und deine Frau erblickte einen Pflaumenbaum mit vielen reifen Früchten. Sie hat gesagt: ‹Wenn du mir mit einem einzigen Wurf zehn Pflaumen herunterholst, schenke ich dir neue Kleider.› Ich traf einen Zweig und brachte ihr zehn Pflaumen, aber eine Pflaume war in den Mist gefallen. Jetzt will sie die Kleider nicht herausrücken.»

«Das stimmt», sagte Xanthos' Frau. «Die mistige Pflaume rechne ich nicht mit. Äsop muß mir erst eine saubere zehnte Pflaume herunterholen, dann bekommt er die Kleider.»

«Ich habe keine Kraft mehr», sagte Äsop.

Xanthos sprach Äsop die Kleidungsstücke zu.

An einem Herbsttag sagte Xanthos zu Äsop: «Wie du weißt, kann ich den Vogelflug deuten. Geh vor das Tor und halte Ausschau, ob du einen

Weissagevogel siehst, der ein ungünstiges Zeichen gibt. Erblickst du aber ein Krähenpaar, so rufe mich; denn das bringt demjenigen Glück, der es sieht.»

Äsop ging vor das Tor, erblickte ein Krähenpaar, kam eilends zurück und sagte: «Komm heraus, Xanthos. Es ist ein günstiger Moment. Da draußen sitzt ein Krähenpaar.»

Xanthos, hocherfreut, ging hinaus, aber da war eine der beiden Krähen schon fortgeflogen.

«Du verdammter Kerl, Äsop! Ich habe dir gesagt: ‹Siehst du ein Krähenpaar, so rufe mich.› Aber was tust du? Du holst mich, obwohl nur eine einzige Krähe zu sehen ist.»

«Eine ist unterdessen fortgeflogen.»

«Jetzt hast du mich wieder auf den Arm genommen!» Und zu den anderen Sklaven sagte Xanthos: «Zieht Äsop aus und verpaßt ihm eine Tracht Prügel!»

Während Äsop gezüchtigt wurde, kam ein Sklave von Xanthos' Freunden angelaufen und überbrachte Xanthos eine Einladung zum Essen.

Äsop jammerte: «Xanthos, du bestrafst mich ohne Grund!»

«Ohne Grund?»

«Du hast gesagt, ein Krähenpaar sei ein glückliches Zeichen. Ich habe ein Krähenpaar gesehen und bekomme Prügel. Du aber hast nur eine Krähe gesehen und bekommst eine Einladung. Also ist die Deutung des Vogelfluges dummes Zeug.»

Xanthos mußte wieder einmal den Verstand Äsops bewundern und befahl, mit der Züchtigung aufzuhören.

Bald darauf machte sich Xanthos in Äsops Begleitung auf den Weg in die Vorstadt. Sie gingen an Grab- und Denkmälern vorbei, und Xanthos fand Vergnügen daran, die Inschriften vorzulesen. Auf einer Grabtafel sah Äsop unzusammenhängende Buchstaben. Er fragte Xanthos: «Was kann das bedeuten?»

Xanthos konnte die Inschrift nicht erklären und fragte Äsop: «Wie ist deine Meinung?»

«Angenommen, ich entdecke dank dieser Inschrift einen Goldschatz für dich. Was willst du mir dafür geben?»

«Die Hälfte des Schatzes und die Freiheit.»

Äsop suchte sich eine geeignete Tonscherbe, ging vier Schritte von der Grabplatte fort und grub in der Erde. Bald entdeckte er einen Goldschatz. Den brachte er Xanthos und sagte: «Jetzt mußt du dein Versprechen einlösen.»

«Das tue ich nur, wenn du mir sagst, wie du das Versteck finden konntest. Das ist mir wichtiger als der ganze Schatz.»

«Es sind die Anfangsbuchstaben von Wörtern. Sie bedeuten: ‹Gehe vier Schritte zurück und grabe. Du wirst einen Goldschatz finden.›»

«Weil du so klug bist, lasse ich dich nicht mit dem halben Schatz in die Freiheit gehen.»

Darauf sagte Äsop: «Ich werde das Gold seinem Besitzer übergeben.»

«Wer ist denn der Besitzer?»

«König Dionysios von Byzanz.»

«Woher willst du das wissen?»

«Aus der Inschrift. Hör zu: ‹Gib den Schatz, den du hier fandst, dem König Dionysios!›»

«Äsop, nimm die Hälfte und schweig. Komm ins Haus. Wir teilen das Gold, und du bist frei.»

Sie hatten das Haus kaum betreten, da ließ Xanthos den Äsop festsetzen.

Äsop sagte ängstlich: «Laß mich frei und behalte das Gold.»

«Das könnte dir so passen!», sagte Xanthos. «Damit du als freier Mann mich beim König anzeigen kannst. Daraus wird nichts.»

Wenig später sollte eine Beamtenwahl stattfinden. Das Volk versammelte sich im Theater, der Gesetzeswahrer trat mit dem Gesetzbuch und dem Siegelring in die Mitte und sprach: «Mitbürger! Wählt den Gesetzeswahrer, der demnächst das Gesetzbuch und den Siegelring hüten soll.»

Das Volk beratschlagte, wer der nächste Gesetzeswahrer sein sollte, als ein Adler herniederschoß, den Siegelring packte und davonflog. Große Furcht bemächtigte sich der Bewohner von Samos. Man rief Seher und Priester, die das Ereignis deuten sollten. Aber keiner fand eine Erklärung. Aus der Menge erhob sich ein alter Mann, der laut rief: «Bürger von Samos! Was verschwenden wir unsere Zeit mit Leuten, die sich bloß den Magen vollschlagen und den Tag mit Müßiggang zubringen. Wer nicht in der Wissenschaft bewandert ist, der kann auch keine Zeichen deuten. Unter uns lebt der Philosoph Xanthos. Ganz Hellas kennt ihn. Er soll uns das Zeichen enträtseln.»

Xanthos stand auf und sagte, im Moment wisse er keine Antwort. Man solle ihm Zeit zum Nachdenken geben. Während das Volk noch palaverte, zeigte sich der Adler erneut. Er flog über das Theater und ließ den Ring los. Der Ring fiel in den Schoß eines Staatssklaven. Xanthos wurde gebeten, auch dieses Zeichen zu erklären. Xanthos sagte es zu und machte sich verzweifelt auf den Heimweg.

Zu Hause tat Xanthos seine Absicht kund, sich mit Äsop zu versöhnen, damit Äsop ihm helfe. Er ließ den Gefesselten vorführen und befahl, Äsop die Fesseln abzunehmen. Aber Äsop wehrte sich: «Ich will nicht!»

«Äsop», sagte Xanthos, «ich löse deine Fesseln, damit du auch etwas löst.»

«Aha, an mir liegt dir nichts. Du denkst nur an dich.»

«Nun sei doch nicht so störrisch!»

Äsop wurde von seinen Fesseln befreit. Er fragte Xanthos, worum es denn gehe. Xanthos erzählte ihm von den Vorfällen im Theater, und Äsop erklärte sich bereit, darüber nachzudenken.

Schon am nächsten Tag aber verspürte Äsop wieder große Lust, Xanthos zu ärgern: «Xanthos, wenn die Sache sinnvoll wäre, würde ich dir helfen. Aber der Vorfall im Theater ist unerklärlich. Ich bin schließlich kein Seher.»

Xanthos gab alle Hoffnung auf. Weil er sich vor dem Volk von Samos schämte, faßte er den Entschluß, seinem Leben ein Ende zu machen. Am Abend nahm er einen Strick und ging aus dem Haus.

Äsop war schon in seine Kammer gegangen, um sich schlafen zu legen. Doch er hörte noch, daß Xanthos sich aus dem Haus schlich. Da ging er Xanthos nach und sah, daß dieser vor der Stadt den Strick über einen Ast warf. Xanthos wollte seinen Hals in die Schlinge stecken. Äsop schrie: «Halt ein!»

Er lief zu Xanthos. Dieser rief: «Äsop! Warum hältst du mich vom rechten Weg ab?»

«Wo sind deine Grundsätze geblieben? Erziehung! Selbstbeherrschung! Wo ist deine ganze Philosophie? Sinnlos willst du dich in den Tod stürzen. Komm zurück!»

«Geh weg! Ich kann nur noch zwischen einem ehrenhaften Tod und einem schändlichen, ruhmlosen Leben wählen.»

«Red nicht! Laß den Strick Strick sein. Ich will die rätselhaften Zeichen deuten.»

«Aber wie denn?»

«Nimm mich mit ins Theater. Dort hältst du dem Volk eine hübsche Rede über die Rätselhaftigkeit der Zeichen und über den Wert deiner Philosophie. Gib mich als deinen Schüler aus, und ich werde eine Lösung finden.»

Xanthos ließ sich überreden.

Am nächsten Tag im Theater sprach Xanthos: «Meine Philosophie beruht auf dem Logos und beschäftigt sich nur mit dem Meßbaren. Ich bin also definitionsgemäß weder ein Vogelschauer noch ein Zeichendeuter. Deshalb liegt es im Interesse unserer Stadt, daß der Deutungsauftrag von meinem angesehenen Haus fortgenommen wird. Ich habe aber einen Sklaven mitgebracht, den ich in den Grundlagen der Philosophie unterrichtet habe. Er soll die Zeichen deuten.»

Äsop trat nach vorn, und das Volk brach in Gelächter aus. Man schrie wild durcheinander: «Wir wollen einen anderen Deuter.» – «Der sieht wie ein Frosch aus.» – «Wie ein wildgewordenes Schwein.» – «Wie ein Affe.» – «Wie ein Hund.»

Äsop verzog keine Miene. Endlich hatte sich die Menge beruhigt, und Äsop fing an: «Bürger! Warum verspottet ihr mich? Achtet nicht auf mein Aussehen. Bedenkt lieber meine Gedanken. Es ist doch unsinnig, am Verstand eines Menschen zu zweifeln, weil dieser Mensch häßlich aussieht. Ein Arzt gibt einen Menschen auch nicht sogleich auf, nachdem er ihn bloß gesehen hat. Er muß erst den Puls fühlen und sich ein Urteil bilden. Wenn man ein Weinfaß nur von außen sieht, den Wein aber nicht probiert, weiß man von dem Wein gar nichts.»

Die Leute begriffen, daß seine Worte mehr wert waren als sein Aussehen, und riefen: «Na dann los! Deute uns die Zeichen.»

Äsop sagte: «Bürger von Samos! Ein Sklave, auch ein wortgewandter, darf eigentlich einem freien Volk keine Zeichen erklären. Gewährt mir die Freiheit der Rede, damit ich wie ein Freier geehrt werde, wenn mir die Deutung gelingt. Gehe ich aber fehl, so will ich wie ein Freier bestraft werden, nicht wie ein Sklave.»

Einige riefen: «Xanthos, gib Äsop frei!»

Auch der Ratsherr sagte: «Xanthos, laß ihn frei!»

Aber Xanthos erwiderte: «Ich gebe doch keinen Sklaven frei, der mir so lange und so gut gedient hat.»

Der Ratsherr sagte: «Verkauf ihn uns. Ich erkläre ihn sodann zum Freigelassenen der Stadt.»

Xanthos mußte daran denken, daß er nur fünfundsiebzig Denare für Äsop bezahlt hatte. Er rief: «Xanthos entläßt Äsop nach dem Wunsche des Volkes in die Freiheit!»

Jetzt hob Äsop an: «Bürger von Samos! Das habt ihr für euch selbst getan. Das Zeichen sagt eine Belagerung der Stadt und die Knechtschaft seiner Bewohner voraus. Es wird bald Krieg herrschen. Der König der Vögel raubte den Ring und ließ ihn in den Schoß eines Staatssklaven fallen, weil ein König eure Freiheit in Sklaverei verwandeln, eure Gesetze abschaffen und seine eigene Herrschaft errichten will.»

Äsop hatte noch nicht geendet, als ein Abgesandter des Königs Kroisos erschien und die höchsten Würdenträger von Samos zu sprechen wünschte. Er überreichte ihnen ein Schreiben, das sogleich geöffnet und gelesen wurde: «Kroisos, der König der Lyder, grüßt die Obersten, den Rat und das Volk von Samos. Ich befehle euch, von nun an Tribut an mich zu zahlen. Tut ihr das nicht, so werde ich euch mit Gewalt dazu zwingen.»

Die höchsten Würdenträger von Samos schlugen dem versammelten Volk auf der Stelle vor, in die Tributforderungen einzuwilligen, damit König Kroisos nicht zum Feind der Stadt würde. Äsop erwiesen sie für die Deutung der Zeichen alle Ehren und fragten ihn, ob man der Forderung von Kroisos folgen solle oder nicht.

Äsop entgegnete: «Bürger von Samos! Eure ersten Bürger haben schon ihre Bereitschaft bekundet, Tribut zu zahlen, und da werde ich noch gefragt, ob ihr zahlen sollt. Wenn ich jetzt sage: ‹Zahlt nicht!›, dann mache ich mir König Kroisos zum Feind.»

Aber die Menge schrie: «Sag uns, was du denkst!»

«Ich kann euch nicht sagen, was ich denke. Aber ich erzähle euch eine Geschichte. Auf Befehl des Zeus erklärte Prometheus den Menschen zwei Wege: den Weg in die Freiheit und den Weg in die Sklaverei. Der Weg in die Freiheit ist anfangs steil, beschwerlich und gefährlich. Bald aber führt er in eine weite Landschaft, die reich an Früchten ist und zum Spaziergang einlädt. Der Leidensweg mündet in Erquickung und Ruhe. Der Weg in die Sklaverei aber ist zu Beginn eine flache bunte Ebene. Bald aber wird er steil, dürr und ausweglos.»

Die Leute verstanden Äsop und riefen dem

Abgesandten des Königs Kroisos zu, sie bevorzugten den steilen, beschwerlichen und gefährlichen Weg.

Der Abgesandte kehrte zu König Kroisos zurück und berichtete ihm von Äsop. Sofort rief Kroisos sein Heer zum Kampf. Die Freunde des Kroisos hetzten ihn noch auf: «Laß uns nach Samos ziehen! Wir werden das Volk von Samos niederwerfen und verschleppen. So warnen wir die übrigen Völker, damit es ihnen nicht einfällt, dir zu widerstehen.»

Allerdings sagte ein bedenklicher Ratgeber zu Kroisos: «Ich beschwöre dich, nicht gegen Samos in den Krieg zu ziehen! Solange dieser Äsop dort lebt und seine Ratschläge verkündet, kannst du Samos nicht besiegen. Verlange lieber die Auslieferung Äsops. Biete für Äsop ein Entgelt.»

Kroisos ließ sich umstimmen und entsandte den bedenklichen Ratgeber selbst nach Samos. Der machte sich sofort auf den Weg. Nach seiner Ankunft auf Samos wurde sogleich eine Versammlung einberufen. Die Volksmenge rief: «Nimm Äsop mit! König Kroisos soll ihn haben!»

Äsop meldete sich zu Wort und sagte: «Bürger von Samos! Ich will zu Füßen des Königs Kroisos sterben. Vorher aber will ich euch noch eine Fabel erzählen. Ihr könnt sie auf meinen Grabstein schreiben: Einst konnten die Tiere sprechen. Zu jener Zeit führten die Wölfe und die Schafe Krieg miteinander. Die Wölfe standen im Begriff, die Schafe zu besiegen. Da verbündeten sich die Hunde mit den Schafen, und die Wölfe wurden vertrieben. Die besiegten Wölfe schickten einen Abgesandten zu den Schafen. Dieser Wolf trat unter die Schafe und sagte: ‹Wenn ihr keinen Krieg mehr wollt, dann liefert uns die Hunde aus.› Die törichten Schafe ließen sich dazu überreden. Die Wölfe zerfetzten zuerst die Hunde, dann warfen sie die Schafe nieder.»

Die Leute begriffen die Fabel und wollten Äsop behalten. Aber Äsop blieb nicht. Er ging mit zu König Kroisos.

KÖNIG Kroisos sagte zu Äsop: «So also sieht einer aus, der die Unterwerfung von Samos und die Tributzahlungen verhindert hat. Du bist nicht nur gefährlich, du bist ein Rätsel.»

Äsop erwiderte: «Mein Herr und König! Ich bin nicht gezwungen worden, zu dir zu kommen. Ich komme freiwillig. Mein Anblick schmerzt dich wie ein Schlag aus dem Hinterhalt, und du schreist auf. Aber die Kunst der Ärzte heilt Wunden; meine Worte heilen vielleicht deinen Zorn. Läßt du mich sterben, so schadest du nur dir selber. Du hast dann nur noch Freunde, die dir den Tod deiner wahren Ratgeber empfehlen.»

König Kroisos war erstaunt und mußte lächeln. «Setz dich», sagte er. «Du kannst doch nützliche Geschichten erzählen?»

Äsop fing sogleich an: «Einst konnten die Tiere sprechen. Ein armer Mann, um sein Leben zu fristen, fing Heuschrecken, trocknete und verkaufte sie. Er hatte wieder eine Heuschrecke gefangen und wollte sie töten, als die Heuschrecke zu sprechen begann: ‹Laß mich am Leben. Mein Tod nützt dir nichts. Ich fresse keine Ähren und keine Schößlinge. Ich schade auch den Bäumen nicht. Aber ich kann zur Freude der Menschen liebliche Töne hervorbringen.› Der Mann hatte Mitleid und ließ die Heuschrecke zu ihrer Mutter, der Einsamkeit, zurückkehren. Nicht anders ist es mit mir. Habe Mitleid! Ich kann kein Heer aufhalten. Ich kann mich nicht verstellen und andere Leute unredlich beschwatzen. Aus mir ertönt bloß meine Stimme und ermahnt die Menschen zur Vernunft.»

König Kroisos sagte aus Sympathie für Äsop: «Du sollst dein Leben behalten. Wenn du einen Wunsch hast, ich erfülle ihn.»

«Versöhne dich mit dem Volk von Samos!»

Kroisos nickte, und Äsop warf sich ihm dankbar zu Füßen.

Der König übergab Äsop ein Schreiben an die Samier, das Äsop unverweilt nach Samos brachte. Vor einer großen Volksversammlung las Äsop das Schreiben vor. König Kroisos verkündete die Versöhnung mit Samos und erklärte, daß Äsop ihn zu diesem Schritt bewogen habe.

Die Samier ehrten Äsop, indem sie den Platz, an dem er gekauft worden war, Äsop-Platz nannten.

Äsop opferte den Musen und errichtete eine heilige Stätte, in der er ein Standbild der Mnemosyne aufstellte. Aber ein Standbild des Apollon stellte er nicht auf, und deshalb zürnte Apollon ihm wie einst dem Marsyas.

ÄSOP hielt sich lange in Samos auf. Er wurde mit Ehren überhäuft, doch schließlich regte sich sein Bedürfnis, andere Länder zu bereisen. Da er wohlhabend geworden war, konnte er viele Länder besuchen. Überall hielt er Vorträge.

ENDLICH kam er auch nach Babylon. Dort herrschte König Lykurgos. Die Babylonier erkannten Äsops Weisheit, und sein guter Ruf verbreitete sich so nachdrücklich, daß ihm Lykurgos eine Stelle bei Hofe antrug.

Seinerzeit wetteiferten die Könige um den Lorbeer der Klugheit, nicht um den Sieg im Kriege.

Sie schickten einander verwickelte philosophische Fragen, und wer keine Antwort wußte, der mußte dem Absender Tribut zollen. Äsop beantwortete alle Fragen, die Lykurgos gestellt wurden. So genoß er dessen besonderes Wohlwollen. Er ersann für Lykurgos knifflige Fragen an die anderen Könige, und weil sie die Fragen nicht zu beantworten wußten, mußten sie Lykurgos allesamt Tribut zahlen. Auf diese Weise wurde das Reich der Babylonier immer größer.

Äsop lernte in Babylon einen jungen Edelmann namens Helios kennen und adoptierte ihn. Dem König stellte er Helios als seinen Erben vor; er meinte damit das Erbe der Weisheit. Äsop kümmerte sich um eine sorgfältige Erziehung des Helios.

Helios aber verführte die Nebenfrau des Königs. Äsop wurde darob sehr zornig und drohte Helios, diese Verletzung der Sitte werde ihn das Leben kosten.

Helios, verärgert über Äsop, ließ sich von seinen Freunden verleiten, Äsop beim König zu verleumden. Er verfaßte in Äsops Namen einen Brief an die Gegner Lykurgos', in dem zu lesen stand, Äsop wolle in Zukunft ihnen seine Hilfe erweisen. Helios versiegelte den Brief mit Äsops Ring und gab den Brief Lykurgos. «Sieh, Herr, dein betrügerischer Freund schmiedet feindliche Pläne.»

Der König, hocherzürnt, gab einem seiner Leibwächter, Hermippos, den Befehl, Äsop zu töten. Aber Hermippos war ein Freund Äsops und versteckte ihn in seiner Wache. Dem König meldete Hermippos, er habe den Befehl ausgeführt.

Nun übernahm Helios die Stelle Äsops bei Hofe.

Der König der Ägypter, Nektanebos, der die Nachricht vom Tode Äsops erhalten hatte und genau wußte, daß in Babylonien niemand außer Äsop fähig gewesen war, seine, Nektanebos', verzwickte Fragen zu beantworten, schickte einen Brief an den König Lykurgos mit dem folgenden Inhalt: «Nektanebos, der König der Ägypter, grüßt Lykurgos, den König der Babylonier! Ich möchte einen hohen Turm errichten, der weder die Erde noch den Himmel berührt. Schicke mir Leute für diesen Bau, und schicke mir einen Mann, der alle meine Fragen zu beantworten vermag. Ich zahle dir dafür zehn Jahre lang Tribut. Solltest du aber meine Bitte nicht zu erfüllen vermögen, so verlange ich zehn Jahre lang Tribut von Dir.»

Dieser Brief versetzte Lykurgos in große Verlegenheit. Er versammelte seine Freunde, darunter Hermippos, und fragte: «Könnt ihr den Turmbau zustande bringen oder soll ich euch allen die Köpfe abschlagen lassen?»

Die Freunde des Lykurgos waren ratlos. Einer

sagte: «Wir wissen nicht, wie man einen Turm erbaut, der weder Himmel noch Erde berührt!»

Ein anderer sagte: «Wir wollen stets tun, was du befiehlst. Aber in dieser Sache wissen wir keinen Rat. Übe bitte Nachsicht mit uns!»

In seiner Wut befahl Lykurgos seiner Wache, alle seine Freunde zu töten. Er schlug sich ins Gesicht, riß sich Haare aus und beklagte den Verlust Äsops. Verzweifelt seufzte er: «Ich Tor! Ich Tor!»

In dieser Sekunde faßte Hermippos den Mut, mit der Wahrheit herauszukommen. «Herr», sagte er, «ich weiß, daß heute mein letzter Tag ist. Ich habe deinen Befehl nicht ausgeführt.»

«Welchen Befehl?»

«Äsop lebt noch.»

Lykurgos' Miene heiterte sich auf. «Ich wünsche mir, ich könnte den Tag, den du als deinen letzten ansiehst, ewig dauern lassen. Du hast Äsop behütet und mich gerettet. Du wirst reichlich belohnt werden. Aber erst will ich meinen Ratgeber rufen lassen.»

Er befahl, Äsop herbeizubringen.

Äsop, blaß von den Entbehrungen, schmutzig, langhaarig, erschien vor dem König.

Der König mußte weinen und wandte sich ab. Dann ordnete er an, Äsop zu versorgen und einzukleiden.

Äsop trat wieder in den Dienst des Königs. Er entkräftete die Verleumdungen seines Adoptivsohnes Helios mit einem Eid.

Lykurgos wollte Helios töten lassen, aber Äsop legte ein gutes Wort für ihn ein. Bleibe Helios am Leben, so sei sein Gewissen bis zum Ende ermahnt. Lykurgos stimmte Äsop zu. Dann sagte er: «Äsop, lies diesen Brief des Nektanebos.»

Äsop las und mußte lächeln. «Schreib Nektanebos: ‹Wenn der Winter vorüber ist, schicke ich Dir die Leute für den Turmbau, und ich schicke Dir auch den Mann, der alle Deine Fragen beantworten kann.›»

Lykurgos schrieb so und übersandte den Brief an Nektanebos.

Er gab Äsop seinen Stiefsohn Helios zurück und erwies Äsop seine Gunst.

Äsop redete Helios streng ins Gewissen: «Höre endlich auf mich! Ich habe von dir nur Undank erfahren. Es ist höchste Zeit, daß du dir meine Worte wirklich zu Herzen nimmst! Ehre die Götter! Verehre den König; seine Macht steht der göttlichen Macht nicht nach. Ehre deinen Lehrer ebenso wie deine Eltern. Die Zuneigung zu den Eltern versteht sich schon aus der Natur! Doppelten Dank aber verdient, wer aus freiem Bedürfnis liebt. Iß jeden Tag genug, so daß du auch am nächsten Tag arbeiten kannst und gesund bleibst! Hörst du am Hofe des Königs irgendwelche Gerüchte, so begrabe sie in deinem Herzen, damit du ihnen nicht selber zum Opfer fällst. Sei liebevoll zu deiner Frau, sonst kriegt sie Lust auf einen anderen. Die Frauen sind leichtsinnig, aber wenn man ihnen schmeichelt, sinnen sie seltener auf Abwechslung. Wenn du vom Wein berauscht bist, dann prahle nicht mit deinem Wissen. Der Klugschwätzer wird nur verhöhnt. Sei Herr deiner Zunge! Sei nicht neidisch auf Glückliche, sondern teile ihre Freude, dann ist ihr Glück auch deines. Sorge gut für deine Diener, damit sie sich aus Verehrung und nicht nur aus Pflicht um dich kümmern. Bezähme deine Leidenschaft! Schäme dich nicht, wenn du irgend etwas erst im Alter begreifst. Lieber spät als nie! Plaudere vor deiner Frau keine wichtigen Geheimnisse aus, denn Frauen sind unbeständig; sie versuchen in der Ehe ständig, die Oberhand zu gewinnen. Werde selbständig und spare; es ist besser, du hinterläßt deinen Feinden etwas, als daß du bei Lebzeiten deine Freunde um Hilfe bitten mußt. Rede freundlich mit denen, die zu dir kommen; der bellende Hund kriegt Schläge. Trachte nach Verständigkeit, nicht nach Besitz. Diesen kannst du von heute auf morgen einbüßen, jene ist unverlierbar. Lebst du im Glück, sage deinen Feinden nichts Übles nach, sondern tue ihnen Gutes; so werden sie bereuen, daß sie ungerecht zu dir waren. Zögere nie, anderen zu helfen. Denke immer daran: Glück ist flüchtig! Wirf einen gehässigen Menschen, auch wenn er dein Bruder ist, nach dem Essen aus dem Haus! Er kommt nur, um anderen zu erzählen, was du tust und sagst.»

Nach diesen Worten zog Äsop sich zurück.

Helios war tief niedergedrückt. Er vermochte den Schmerz, den Äsops Worte auslösten, nicht zu ertragen. Also überließ er sich dem Hungertod. Äsop trauerte um ihn und ließ ihn prachtvoll bestatten.

Nicht lange danach trug Äsop einigen Vogelfängern auf, vier junge Adler zu fangen. Zuallererst stutzte er den Adlern die Flügel. Die Adler wurden aufgezogen und dazu abgerichtet, Kinder in die Lüfte zu tragen. Am Ende waren sie dazu tatsächlich in der Lage. Die Vögel waren an lange Schnüre gebunden. Erhoben sie sich mit den Kindern auf dem Rücken in die Höhe, dann folgten sie den Befehlen der Kinder und flogen, wohin die Kinder es wollten.

ALS es Sommer geworden war, verabschiedete Äsop sich von Lykurgos und schiffte sich mit den Kindern, den Adlern, vier Dienern und reicher

Ausstattung nach Ägypten ein. Dort erregte er das Staunen der Bewohner.

Bald hörte König Nektanebos von Äsops Ankunft. Er ließ seine Freunde und Ratgeber zu sich rufen. »Man hat mich betrogen! Mir war der Tod Äsops gemeldet worden! Ich hatte daraufhin meinen Brief an Lykurgos geschickt!»

Äsop wurde befohlen, sein Schiff zu verlassen und zu Nektanebos zu kommen.

Die Freunde und Ratgeber von Nektanebos mußten grobe weiße Gewänder anlegen. Nektanebos aber zog ein feines linnenes Gewand an und setzte ein Diadem auf. Nektanebos nahm auf seinem Thron Platz, und Äsop durfte eintreten. Er staunte merkbar über den Prunk. Nektanebos sagte: «Äsop, nun sage mir: Wem gleiche ich, und wem gleichen meine Freunde und Ratgeber?»

«Du gleichst dem Mond, deine Freunde und Ratgeber gleichen den Sternen.»

Nektanebos war erfreut und überreichte Äsop Geschenke.

Anderntags zog Nektanebos ein purpurnes Gewand an und umgab sich mit seinen Ratgebern inmitten vieler Blumen. Äsop mußte kommen. Wieder fragte Nektanebos ihn: «Wem gleiche ich, und wem gleichen meine Leute?»

«Du gleichst der Frühlingssonne, deine Leute

gleichen den Früchten des Landes. Du siehst glanzvoll aus und läßt dein Land gedeihen.»

Nektanebos war es höchst zufrieden und beschenkte Äsop.

Am Tag darauf trug Nektanebos ein weißes Gewand, seine Ratgeber aber trugen scharlachrote Gewänder. Nektanebos stellte Äsop seine Frage, und Äsop antwortete: «Du gleichst der Sonne des Sommers, deine Leute gleichen ihren Strahlen.»

Nektanebos sagte: «Es scheint gut um meine Herrschaft zu stehen. Besser als um die Herrschaft des Lykurgos in Babylonien.»

Äsop antwortete: «Rede lieber nicht so. Du bist ein Herrscher. Lykurgos aber gleicht Zeus. Er läßt Sonne und Mond leuchten, er bestimmt die Jahreszeiten. Im Zorn erschüttert er durch Donner, Blitz und Stürme sogar seinen eigenen Tempel. Das Reich von Lykurgos mit all seinem Glanz stellt deine Pracht glatt in den Schatten.»

Nektanebos fragte: «Hast du die Leute mitgebracht, die meinen Turm errichten sollen?»

«Sie können mit dem Bau beginnen. Bestimme den Bauplatz.»

Nektanebos wies Äsop einen Platz vor der Stadt an.

Äsop ließ an den Ecken des Platzes seine vier

Adler mit den Kindern auffliegen. Aus großer Höhe riefen die Kinder herab: «Bringt Steine, Mörtel und Holz!»

Nektanebos fragte: «Woher soll ich fliegende Menschen nehmen?»

«Da siehst du!», sagte Äsop. «Nur Lykurgos besitzt Menschen, die fliegen können. Und du, ein einfacher Mensch, willst dich mit einem göttergleichen König messen?»

«Ich gebe mich geschlagen. Antworte mir noch auf meine Fragen.»

«Sprich!»

«Ich habe mir Stuten aus Griechenland kommen lassen. Wenn sie die Hengste in Babylon wiehern hören, bringen sie nur Fehlgeburten zur Welt.»

Äsop sagte: «Morgen werde ich dir antworten.»

Er ging in sein Haus und befahl seinen Dienern, eine Katze zu fangen.

Das sprach sich schnell herum. Die Ägypter liefen vor seinem Haus zusammen und schrien wütend. Obwohl Äsop die Katze sofort wieder laufen gelassen hatte, rannten die Ägypter zu Nektanebos und beklagten sich über Äsop. Er mußte vor dem König erscheinen, der ihn heftig tadelte: «Du hast einen schweren Frevel begangen. Die Katze ist ein Abbild der Göttin Bubastis; sie wird von uns hoch geachtet.»

Äsop entgegnete: «Die Katze hat Lykurgos, dem König von Babylon, schwer geschadet. Sie hat letzte Nacht seinen Hahn getötet, der Lykurgos die Stunden anzuzeigen pflegte.»

«Schämst du dich nicht, mich so unverschämt anzulügen? Wie soll eine Katze in einer einzigen Nacht von Ägypten nach Babylon und zurück gelangen?»

Äsop erwiderte: «Und wie sollen deine Stuten die Hengste in Babylon wiehern hören?»

Nektanebos mußte sich geschlagen geben.

Nur wenig später rief Nektanebos Wahrsager aus Heliopolis an seinen Hof und sprach mit ihnen über Äsop. Er ließ für sie ein Mahl ausrichten und lud Äsop dazu. Einer aus Heliopolis sagte: «Äsop, unser Gott hat uns aufgegeben, dir einige Fragen zu stellen.»

«Ach», sagte Äsop, «da hast du euren Gott und dich selbst bloßgestellt. Ein Gott kann Gedanken lesen, er muß niemanden fragen lassen. Aber bitte! Frag mich.»

«Es gibt einen Tempel mit einer Säule, auf der zwölf Städte zu sehen sind. Jede Stadt ist aus dreißig Balken zusammengesetzt. Um jeden Balken laufen zwei Frauen herum.»

«Das ist ein Rätsel für Kinder», sagte Äsop. «Der Tempel ist die Welt. Die Säule ist das Jahr. Die zwölf Städte sind die Monate. Die dreißig Balken sind die Tage des Monats. Und die beiden Frauen sind Tag und Nacht.»

Einen Tag später beriet sich Nektanebos mit seinen Freunden. Einer sagte: «Stellen wir Äsop doch eine wirklich schwere Frage, nämlich: ‹Nenne etwas, das wir bisher noch nie gesehen und gehört haben.› Er wird sich irgend etwas zusammenklamüsern. Aber wir antworten in jedem Fall: ‹Das haben wir schon längst gehört und gesehen.›»

Dieser Vorschlag gefiel Nektanebos. Er schöpfte Hoffnung, im Wettstreit mit Lykurgos doch noch gewinnen zu können.

Äsop wurde gerufen, und König Nektanebos sagte: «Noch eine einzige Frage, Äsop. Nenne etwas, das wir noch nie gesehen und gehört haben.»

«In drei Tagen antworte ich dir», sagte Äsop. Er dachte: «Ich kann sagen, was ich will. Sie werden behaupten, das sei für sie nichts Neues.»

Äsop setzte sich zu Hause hin und schrieb einen Schuldschein, der belegte, daß Nektanebos dem Lykurgos tausend Goldstücke schulde. Am Schluß nannte er den letzten Tag für die Zahlung.

Drei Tage später ging Äsop zu Nektanebos, der,

von seinen Freunden umgeben, ungeduldig auf Äsops Antwort wartete. Äsop gab Nektanebos den Schuldschein und sagte: «Lies das!»

Die Freunde des Königs beeilten sich, zu sagen: «Das haben wir schon gesehen und gehört!»

«Freut mich», sagte Äsop. «Der Zahlungstermin ist gekommen.»

Nektanebos war regelrecht entsetzt: «Wieso bestätigt ihr etwas, wovon ich nichts weiß?»

Da mußten die Freunde des Königs bekennen: «Wir haben noch nie davon gehört!»

«Damit ist auch diese Frage beantwortet», sagte Äsop.

Nektanebos aber sagte: «Glücklich der König, der einen Mann von solcher Klugheit zu seinen Bürgern zählen darf.» Er überreichte Äsop den Tribut und verabschiedete ihn mit einem Brief an Lykurgos, der lauter Freundschaftsbezeigungen enthielt.

IN Babylon angekommen, erzählte Äsop dem Lykurgos von seinen Erlebnissen in Ägypten und händigte ihm den Tribut aus. Lykurgos ließ eine goldene Bildsäule für Äsop errichten und veranstaltete zu dessen Ehren ein großes Fest.

Es war die Zeit gekommen, da Äsop Lust verspürte, nach Delphi zu gehen. So verabschiedete er sich von Lykurgos. Der nahm ihm das Versprechen ab, zurückzukehren und sein ferneres Leben in Babylon zu verbringen.

IN Delphi hörte das Volk seinen Reden zwar gerne zu. Aber irgendeine Ehre erwies man Äsop nicht.

Er hatte schnell bemerkt, daß die Leute in Delphi wie verwelkter Kohl aussahen. Da zitierte er Homer: «Ganz wie der Blätter Geschlecht, so sind die Geschlechter der Menschen.»

Bei anderer Gelegenheit sagte er: «Ihr seid wie ein Holzklotz im Meer. Sieht man den Klotz aus der Entfernung auf den Wellen schaukeln, hält man ihn für groß. Ist er aber herangespült worden, sieht man, daß er klein ist und nicht der Rede wert. Als ich von Delphi noch weit weg war, habe ich euch bewundert. Jetzt weiß ich, daß ihr unbedeutend seid. Die Erklärung ist einfach: Ihr handelt stets so, wie es nach eurer Herkunft zu erwarten ist.»

«Wo kommen wir denn her?», fragten die Delpher.

«Ihr stammt von Sklaven ab! Die Griechen pflegten nach der Eroberung einer Stadt den zehnten Teil ihrer Beute dem Apollon zu weihen. Von hundert Rindern zehn, von hundert Ziegen zehn, von hundert Männern und hundert Frauen jeweils zehn. Von denen stammt ihr ab! Ihr seid unfrei!»

Jetzt wollte Äsop von Delphi fort. Doch den Obersten von Delphi wurden Äsops Schmähungen hinterbracht, und sie sagten sich: «Lassen wir ihn gehen, dann wird er uns überall schlechtmachen.»

Sie beschlossen, Äsop aus dem Weg zu räumen.

Sie holten eine goldene Schale aus dem Tempel und steckten sie, während Äsops Diener schlief, in Äsops Reisegepäck.

Als Äsop nach Phokis weiterreisen wollte, packten ihn die Delpher und fesselten ihn.

«Weshalb fesselt ihr mich?»

«Du hast Tempeleigentum gestohlen!»

Weinend rief Äsop: «Ich will tot sein, wenn ihr bei mir etwas findet!»

Die Delpher durchwühlten sein Gepäck und förderten die Goldschale zutage.

Äsop flehte: «Ihr seid Menschen! Erhebt euch nicht über die Götter!»

Aber die Delpher blieben hart und steckten Äsop ins Gefängnis. Äsop war verzweifelt. «Wie kann ich armer Sterblicher meinem Schicksal noch entrinnen?»

Ein Freund Äsops bestach die Wachen und suchte Äsop in seiner Gefängniszelle auf. «Was soll jetzt aus uns werden?», sagte der Freund.

Äsop sagte: «Eine Frau, die gerade ihren Mann begraben hatte, saß am Grab und weinte. Ein Bauer, der unweit sein Feld pflügte, verspürte Lust, die Frau zu nehmen. Er ließ seine Ochsen stehen, ging zu ihr hin und weinte. Die Frau fragte: ‹Warum weinst du?› Der Bauer antwortete: ‹Ich habe eine gute Frau begraben; die Tränen machen mir den Schmerz erträglicher.› Die Frau sagte: ‹Mir geht es genauso. Ich habe meinen Mann verloren. Wenn ich weine, tut der Verlust weniger weh.› Da sagte der Bauer: ‹Uns beiden ist das gleiche Unglück geschehen. Warum halten wir nicht zusammen? Ich will dich wie meine Frau lieben, und du wirst mich lieben wie deinen Mann.› Während der Bauer mit der Frau zusammenlag, stahl ein Dieb die Ochsen. Der Bauer fand nur noch seinen Pflug vor. Da fing er vor Verzweiflung laut zu weinen an. Die Frau fragte ihn: ‹Warum weinst du wieder?› Der Bauer schluchzte: ‹Jetzt sind die Tränen echt.›» Nach einer kleinen Pause fügte Äsop hinzu: «Und du, mein Freund, fragst nach meinem Jammer. Du siehst ja, was geschehen ist.»

Der Freund sagte: «Wie konntest du auch die Delpher in ihrer eigenen Stadt so verspotten? Wo war deine Klugheit? Du hast ganze Völker belehrt, aber gegen dich selbst warst du töricht.»

Statt zu antworten, erzählte Äsop weiter: «Eine

Frau hatte eine dumme Tochter. Sie bat die Götter, die Tochter mit Verstand zu begaben. Immer hörte die Tochter die Gebete der Mutter. Eines Tages gingen die beiden aufs Feld. Die Tochter lief der Mutter davon und sah am Waldrand, wie ein Mann gewaltsam einer Eselin beiwohnte. Neugierig fragte sie: ‹Was tust du da?› Der Mann antwortete: ‹Ich bringe dieser Eselin Verstand bei.› Die Dumme mußte an die Gebete ihrer Mutter denken und bat den Mann: ‹ Bring mir auch Verstand bei!› Der Mann wies sie ab: ‹Nichts ist unerfreulicher als eine Frau!› Die Törichte sagte: ‹Rede dich nicht heraus. Meine Mutter betet jeden Tag, daß ich zu Verstand komme. Sie wird dir dankbar sein und dir viel Geld geben.› Darauf nahm der Mann die Schwachsinnige. Beglückt lief sie zu ihrer Mutter zurück: ‹Mutter, ich habe Verstand!› Die Mutter fragte: ‹Wie bist du zu Verstand gekommen?› Die Tochter erzählte, was am Waldrand vorgefallen war. Die Mutter schrie: ‹Du hast den letzten Rest Verstand verloren!› So, mein Freund, ist es auch mir ergangen. Als ich nach Delphi ging, hatte ich den letzten Rest meines Verstandes verloren.»

Weinend ging Äsops Freund davon.

Bald kamen die Delpher zu Äsop. Sie sagten: «Als Hetzer und Tempelräuber wirst du heute den Felsen hinabgestürzt. Bereite dich vor!»

Äsop bat sie: «Hört mir noch einmal zu.»

Sie hörten ihm zu.

«Als alle Lebewesen einander noch verstehen konnten, befreundete sich eine Maus mit einem Frosch. Sie lud ihn zum Essen ein und führte ihn in eine volle Vorratskammer. Es gab Brot, Fleisch, Käse, Butter und Feigen. ‹Lang zu!›, sagte die Maus. Nachdem sich der Frosch reichlich bedient hatte, sagte er: ‹Komm du auch zu mir!› Er führte die Maus zum See und sagte: ‹Schwimm!› Die Maus erwiderte: ‹Ich kann doch gar nicht schwimmen.› Mit einem Faden band der Frosch einen Fuß der Maus an seinen Fuß, sprang ins Wasser und zog die Maus hinter sich her. Die Maus war dem Tode nahe und keuchte: ‹Ich sterbe, aber mein Tod wird an dir gerächt.› Der Frosch tauchte unter, und die Maus ertrank. Als der Frosch wieder auftauchte, kam ein Rabe angeflogen und packte die tote Maus. Weil aber der Frosch an der Maus hing, verschlang der Rabe alle beide. So war die Maus gerächt. Auch mein Tod wird an euch gerächt werden, von den Lydern, den Babyloniern und fast ganz Hellas.»

Diese Warnung beeindruckte die Delpher nicht. Sie brachten Äsop zu dem Felsen.

Äsop entwand sich seinen Verderbern und suchte im Tempel der Musen Zuflucht. Die Delpher empfanden kein Mitleid, sondern machten Anstalten, ihn, trotz seines Flehens, aus dem Tempel zu zerren. Äsop sagte: «Versündigt euch nicht! Hört mich an: Ein Hase floh, von einem Adler verfolgt, zu einem Mistkäfer und bat ihn um Schutz. Bei Zeus beschwor der Käfer den Adler, ihn nicht geringzuachten wegen seiner geringen Größe. Aber der Adler fegte den Käfer beiseite, packte den Hasen und verschlang ihn. Wütend verkroch sich der Käfer im Gefieder des Adlers und ließ sich in das Adlernest tragen. Als der Adler einmal ausgeflogen war, warf der Käfer die Adlereier aus dem Nest. Das bestürzte den Adler sehr, aber er konnte keinen Schuldigen finden.

Zur nächsten Brutzeit legte der Adler seine Eier fürsorglich an einen noch unzugänglicheren Ort. Doch der Käfer zerstörte die Adlereier ein zweites Mal und flog fort.

Schließlich war wieder Nistzeit, aber diesmal flog der Adler auf den Olymp und legte die Eier in den Schoß des Zeus, daß dieser sie bewahre. Der Käfer erfuhr davon, wälzte sich im Kot, flog zu Zeus auf und schwirrte um dessen Kopf. Zeus erblickte den kotigen Käfer, sprang angeekelt auf und die Eier fielen zu Boden.

Von irgendwem hörte Zeus, daß der Adler den Käfer mißachtet und gekränkt hatte. Er sagte zu dem Adler: ‹Dir sind ganz zu Recht die Nachkommen ausgeblieben; du hast den kleinen Käfer mißachtet.› Der Käfer fügte hinzu: ‹Nicht nur das! Er hat auch deine Gebote verletzt. Ich habe ihn bei deinem Namen beschworen, den Hasen zu schonen, aber er hegte keine Ehrfurcht vor dir. Er tötete den Hasen, der mein Schützling war. Ich werde ihn solange verfolgen, bis der Hase und ich endgültig gerächt sind.›

Zeus wollte aber nicht, daß die Adler aussterben. Er bat den Käfer, sich mit dem Adler zu versöhnen. Doch der Käfer blieb unversöhnlich.

Männer von Delphi! Mißachtet den heiligen Tempel nicht. Erweist Zeus, dem Beschützer der Fremden, Ehrfurcht.»

Aber die Delpher zerrten Äsop erbarmungslos an den felsigen Abgrund.

Er sah sein Ende vor Augen und sagte: «Ein alter Bauer hatte noch nie die Stadt gesehen. Seine Söhne spannten junge Esel vor den Wagen und sagten: ‹Fahr los, sie bringen dich in die Stadt.› Die jungen Esel aber verfehlten wegen eines Sturmes den Weg und landeten auf einem steilen Abhang. Der alte Bauer schrie: ‹Zeus! Was habe ich dir angetan, daß du mich durch elende Esel zugrunde gehen läßt?›»

Gerade, bevor die Delpher Äsop in den Abgrund stoßen wollten, sagte er: «Besser, ich hätte Syrien,

Phönizien, Judäa bereist!» Er verfluchte die Delpher, rief Apollon an, ihn zu erhören und stürzte sich selbst vom Felsen.

Die Delpher aber wurden von einer Seuche heimgesucht. Ein Orakelspruch des Zeus verkündete ihnen, sie müßten für Äsops Tod büßen.

Die Griechen, Babylonier und Samier hörten von Äsops gewaltsamem Tod und rächten ihn.

Hans Joachim Schädlich:

TRIVIALROMAN

Roman.
160 Seiten. Gebunden
und als rororo 22626

Männer mit Spitznamen wie Dogge, Ratte und Biber sitzen in einer Bar, die in einem Bunker liegt. Etwas ist schiefgegangen. Ist es eine normale Verbrecherbande, eine Politikerclique oder eine totalitäre Sekte, die sich, untereinander zerstritten und von den mächtigen «Anderen» bedrängt, aufs Untertauchen vorbereitet? Feder, ein einst renommierter und nun korrumpierter Journalist, erinnert sich an die Stationen des Auf- und Abstiegs, sowohl seines eigenen als auch des Auf- und Abstiegs der «Sache». Plötzlich stehen Polizisten im Raum, MPs im Anschlag … Man kann den «Trivialroman» verschlingen wie ein Groschenheft und wird wiederfinden, was man aus Thriller, Krimi und Kolportageromanen kennt. Man kann ihn auch als Fabel lesen und das Abbild der «Organisation» für das Bild der Welt halten. Wie immer man aber auch den «Trivialroman» lesen mag, man wird erkennen, daß hier ein großer Sprachkünstler und entschiedener Moralist am Werk ist.

ROWOHLT

Hans Joachim Schädlich:

MAL HÖREN, WAS NOCH KOMMT JETZT, WO ALLES ZU SPÄT IS

Zwei Erzählungen

144 Seiten. Gebunden.

Krank oder alt liegt ein Mann im Bett, in der ersten von Hans Joachim Schädlichs beiden Erzählungen, wund, reglos in Dreck und Gestank, dem Tode nah. Er denkt an Frauen, redet mit Frauen, die sein Gestammel noch verstehen. Doch er lebt nicht nur in der Erinnerung. Er beschäftigt sich obsessiv mit der letzten Liebe seines Lebens – einer Fliege. Sie ist das einzige Wesen auf der Welt, dem etwas an ihm liegt, das einzige Wesen, das seinen nahenden Abschied erlebt: «Je eher das Menschenleben aus ist, desto früher fängt das Fliegenleben an» …

Als komplementären Text stellt Schädlich zu dieser Erzählung den Monolog einer Frau, die sich an ihre Männer erinnert, jetzt, wo alles zu spät ist: «Ewig auf Suche. Und was hab ich gefunden? Immer wieder 'n andern. Und mit kei'm war's was.»

Schädlichs bisher vielleicht radikalste Prosa scheint sich auf den ersten Blick hemmungslos groben Reizen hinzugeben, Krankheit, Schmutz, Tod und kruder Sexualität. In ihrem Kern aber steht die Frage, warum und wie Menschen die Fähigkeit einbüßen, mit anderen Menschen in Beziehung zu treten.